KB041478

노인과 바다

The Old Man and the Sea

노인과 바다

초판 1쇄 발행   2013년 2월 15일
초판 6쇄 발행   2016년 4월 10일

지은이   어니스트 헤밍웨이
옮긴이   박명옥
펴낸이   한승수
펴낸곳   온스토리

편 집   조예원
마케팅   인치환
디자인   김선영

등록번호   제2013-000037호
등록일자   2013년 2월 5일

주 소   서울특별시 마포구 연남동 565-15 지남빌딩 309호
전 화   02 338 0084
팩 스   02 338 0087
E-mail   hvline@naver.com

ISBN   978-89-98934-14-9 04800
          978-89-98934-11-8 04800(세트)

온스토리 세계문학 003

노인과 바다
The Old Man and the Sea

어니스트 헤밍웨이 지음·박명옥 옮김

온스토리
Publishing Company on story

1953년 쿠바에서 집필 중인 헤밍웨이

차례

노인과 바다 _ 7

찰리 스크리브너와
맥스 퍼킨스에게

노인은 멕시코 만류에서 조각배를 타고 혼자서 고기를 잡는 어부였다. 노인은 벌써 팔십사 일째 고기를 한 마리도 잡지 못하고 있었다. 처음 사십 일 동안은 한 소년이 노인을 따라 바다로 나갔다. 하지만 사십 일이 되도록 허탕을 치자 소년의 부모는 노인이 이미 '살라오salao'가 돼버렸다며 소년을 그 배에 타지 못하게 했다. 살라오는 '지독히도 운이 없는 사람'을 뜻하는 말이다. 소년은 하는 수 없이 부모가 시키는 대로 다른 배로 옮겨갔는데, 그 배에서 첫 주 동안에만 꽤 큰 고기를 세 마리나 잡았다. 소년은 매일같이 빈 배로 돌아오는 노인을 볼 때마다 마음이 아팠다. 그래서 틈나는 대로 노인의 배에 가서 감아놓은 낚싯줄이며 갈고리, 작살, 그리고 돛대에 말아놓은 돛을 나르는 일을 도와주기도 했다. 헌 밀가루 부대를 누덕누덕 기워 만든 돛은 둘둘 말아놓은 모양이 마치 영원한 패배의 깃발처럼 보였다.

노인은 몹시 말랐고 목덜미에 깊게 파인 주름 때문에 더 수척해 보였다. 양쪽 뺨에는 열대 바다의 강한 햇볕 때문에 생긴 양성 피부암의 갈색 반점이 퍼져 있었는데, 얼룩얼룩한 반점이 옆얼굴을 온통 덮다시피 하고 있었다. 두 손에도 밧줄로 무거운 물고기를 끌어올리느라 깊게 패인 흉터가 있었다. 그러나 최근에 난 상처는 하나도 없었다. 모든 상처는 마치 물고기 없는 사막의 침식된 지형처럼 오래된 것이었다.

노인의 몸 구석구석에는 오랜 세월의 연륜이 배어 있었지만 두 눈만은 달랐다. 바다처럼 푸른 두 눈은 생기가 넘치고 투지에 불타고 있었다.

"산디아고 할아버지!"

소년이 함께 조각배를 뭍으로 끌어다 놓고 둑으로 올라오면서 노인에게 말했다.

"다시 할아버지 배를 탈 수 있어요. 돈을 좀 벌었거든요."

노인에게 고기 잡는 법을 배운 소년은 노인을 유난히 따랐다.

"아니다. 너는 운 좋은 배를 타야지. 계속 그 배를 타려무나."

노인이 말했다.

"생각나세요? 전에 팔십칠 일 동안이나 한 마리도 못 잡다가 저랑 같이 내리 삼 주 동안 매일 큰 놈들을 몇 마리씩 잡았잖아요."

"암, 기억하지. 내 실력이 못 미더워서 네가 다른 배를 탄 것이 아니라는 것을 안다."

노인이 말했다.

"아빠 때문이에요. 저는 아직 어리니까 아빠 말씀을 들어야 하죠."

"그래. 당연히 그래야지."

노인이 대답했다.

"아빠는 의리가 없어요."

"그건 그래. 하지만 우리는 의리가 있지. 안 그러냐?"

노인이 말했다.

"그럼요."

소년이 다시 말했다.

"테라스 식당에서 맥주 한잔 사드릴게요. 어구는 이따가 챙겨요."

"그거 좋지. 같은 어부끼리 말이야."

노인이 말했다.

노인과 소년이 테라스 식당으로 가서 자리를 잡자 어부들 여럿이 노인을 보고 비웃었다. 그래도 노인은 화를 내지 않았다.

좀 더 나이가 지긋한 어부들은 노인의 처지를 딱하게 여겼다. 그들은 전혀 그런 내색을 하지 않고 그저 점잖게 해류가 어떻고, 얼마나 깊은 곳에서 낚싯줄을 드리워야 하며, 계속해서 날이 좋을 것 같냐는 등 자신들이 본 것에 대해 이야기를 주고받았다. 그날 수확이 좋은 어부들은 일찌감치 돌아와서 청새치를 손질했다. 그러고는 나무판자 두 개에 쭉 늘어놓고 판자에 각기 한 사람씩 붙어서는 어물 창고 쪽으로 비틀거리며 날랐다. 그들은 거기서 아바나 시장으로 싣고 갈 냉동 트럭을 기다렸다. 상어를 잡은 어부들은 한쪽에 있는 상어 공장으로 상어를 운반했다. 거기서 상어를 도르래로 끌어올린 다음, 내장을 빼내고 지느러미를 잘라내고 껍질을 벗겼다. 그리고 상어의 살은 토막을 쳐서 소금에 절였다.

동풍이 불면 상어 공장에서 나는 비린내가 항구까지 풍겼다. 하지만 오늘은 바람이 북쪽으로 불다 약해져서 그런지 냄새가 심하지는 않았다. 햇실이 따사롭게 비치는 테라스 식당에는 흥겨운 분위기가 감돌았다.

"산티아고 할아버지!"

소년이 입을 열었다.

"그래."

노인이 대답했다. 노인은 맥주잔을 든 채 옛 생각에 잠겨 있었다.

"할아버지가 내일 쓰실 정어리 좀 구해올까요?"

"그만둬. 나가서 야구나 하려무나. 아직은 노를 저을 힘이 있고 그물은 로헬리오가 쳐줄 거야."

"그래도 갖다 드릴게요. 어차피 할아버지하고 같이 고기잡이도 못 나가는데 그거라도 도와드리고 싶어요."

"이렇게 맥주도 샀잖니. 그러고 보니 너도 이제 어른이 다 되었구나."

노인이 말했다.

"할아버지가 저를 맨 처음 배에 태우고 가신 게 제가 몇 살 때죠?"

"다섯 살이었지. 그때 잡은 고기가 얼마나 힘이 좋았던지 꼭 배를 부술 듯이 퍼덕이는 바람에 넌 하마터면 죽을 뻔했지. 기억나니?"

"큰 꼬리를 퍼덕거리며 배 여기저기를 요란하게 치던 게 기억나요. 그래서 바닥의 가로 판자가 부서졌잖아요. 소리가 정말 굉장했죠. 또 할아버지가 저를 낚싯줄 뭉치가 있는 뱃머리쪽으로 떠미는 바람에 배가 기우뚱하며 출렁이던 느낌도 기억나고, 할아버지가 고기를 몽둥이로 내려쳤을 때 났던 소리가 아직도 귀에 생생해요. 그때 할아버진 꼭 도끼로 나무를 찍는 것 같았어요. 그 한 방에 고기의 들척지근한 피 냄새가 확 풍겼죠."

"정말 그걸 다 기억하는 거냐? 아니면 언제 내가 그 얘길 한 적이 있었나?"

"저는 할아버지를 따라 처음 바다로 나간 날부터 지금까지 하나도 빼놓지 않고 다 기억해요."

햇볕에 그을린 노인이 소년을 바라보았다. 노인의 눈길은 믿음직스럽고 따뜻해 보였다.

"네가 내 아들이라면 너를 데리고 한 번쯤 모험을 걸어보겠다만."

노인은 이어서 말했다.

"너한테는 부모님이 있고 또 넌 이미 운 좋은 배를 타고 있잖니."

"정어리라도 좀 구해다 드릴게요. 네 마리 정도는 구할 수 있는 곳을 알고 있어요."

"오늘 쓰고 남은 것이 좀 있단다. 소금에 절여서 미끼통에 넣어두었지."

"그래도 제가 싱싱한 놈으로 네 마리 갖다 드릴게요."

"그럼 한 마리만 가지고 오너라."

노인이 말했다. 지금까지 살아오면서 한순간도 희망과 신념을 잃어본 적이 없었다. 미풍이 불어오듯 이제 그것들이 새롭게 되살아나는 기분이었다.

"그럼 두 마리요."

소년이 말했다.

"그래, 두 마리로 하자."

노인은 마지못해 소년의 말을 받아들였다.

"설마 훔친 것은 아니겠지?"

"그럴 수도 있지만……. 정어리는 제가 산 거예요."

소년이 대답했다.

"그럼 고맙게 받으마."

노인은 워낙 단순한 사람이어서 일단 양보하고 나면 더 이상 마음에 담아두지 않았다. 하지만 자신이 소년에게 양보했다는 걸 알고 있었으며, 그것이 부끄럽다거나 자존심 상할 일은 아니라는 것을 잘 알고 있었다.

"해류가 이대로만 흐른다면 내일은 뭔가 기대해도 되겠는걸."

노인이 말했다.

"어느 쪽으로 나가실 건데요?"

소년이 물었다.

"풍향이 바뀌면 돌아올 수 있을 만큼 멀리 나가봐야지. 동이 트기 전에 나갈 생각이란다."

"그럼 저도 선장에게 멀리 나가자고 말해볼게요."

소년이 말했다.

"그래야 할아버지가 제대로 큰 놈을 잡았을 때 가서 도와드릴 수 있을 거예요."

"그 사람은 멀리 나가서 고기 잡는 걸 좋아하지 않아."

"그렇긴 하죠."

소년이 말했다.

"하지만 새가 고기 떼를 찾는 것을 보았다거나 하면서 선장이 미처 보지 못한 것을 보았다고 둘러대면 돼요. 만새기를 보았다며 멀리 나가자고 말이에요."

"그 사람 눈이 그렇게 나쁜가?"

"눈뜬장님이 따로 없어요."

"허, 거참 이상한 일이로군. 그 사람은 거북을 잡으러 간 적도 없는데. 거북잡이를 하다 보면 눈이 쉽게 상하거든."

노인이 말했다.

"그렇지만 할아버지는 모스키티아 해안에서 여러 해 거북잡이를 하셨는데도 시력이 좋으시잖아요."

"나야 좀 유별난 늙은이니까."

"정말 요즘도 큰 고기를 혼자서 다루실 만큼 힘이 좋으세요?"

"그럼. 그리고 힘도 힘이지만 요령이 있어야 해."

"우리 이제 그만 어구를 집으로 날라요. 그래야 저도 투망을 챙겨서 정어리를 잡으러 나가죠."

소년이 말했다.

그들은 배에서 어구를 집어 들었다. 노인이 돛대를 어깨에 둘러메자 소년이 단단히 꼬아 만든 갈색 낚싯줄 뭉치가 담긴 나무 궤짝과 갈고리, 작살, 작살 자루를 들고 나섰다. 미끼통은 배 뒤쪽에 그대로 두었다. 그 옆에는 큰 고기가 버둥거리지 못하도록 후려치는 몽둥이가 나란히 놓여 있었다. 노인의 물건을 훔칠 만한 사람은 없었지만 돛과 굵은 낚싯줄은 이슬을 맞으면 안 좋으니까 집으로 가져가는 게 나았다. 사실 노인은 마을 사람들이 자신의 물건을 훔칠 리는 없지만 갈고리나 작살 같은 것을 배에 남겨두면 혹시라도 공연한 유혹거리가 될 거라는 생각이 들었던 것이다.

두 사람은 길을 따라 걸어 올라가 노인의 오두막 안으로 들어갔다. 노인은 돛이 둘둘 감긴 돛대를 벽에 기대어 놓았고 소년은 나무 궤짝과 나머지 어구를 그 옆에 내려놓았다. 긴 돛대는 거의 오두막의 단칸방 길이만 했다. 오두막은 '구아노guano'라고 불리는 대왕야자나무의 질긴 껍질로 만들어졌고, 안에는 침대 하나와 탁자 하나, 의자 하나가 있었다. 바닥은 진흙으로 되어 있었는데 한쪽에는 숯불로 요리를 할 수 있는 공간도 있었다. 질긴 섬유질의 구아노 잎을 평평하게 펴서 겹으로 두른 갈색 벽에는 예수 성심상*과 코브레Cobre 성지의 성모상을 그린 채색화가 걸려 있었다. 이 그림들은 노인의 아내가 남긴 유품이었다. 전에는 색 인화지에 뽑은 아내의 사진도 벽에 걸려

---

* 심장에 불꽃이 타오르는 형상으로 표현된 예수의 그림.(옮긴이)

있었지만, 노인은 사진을 볼 때마다 더 외롭다는 생각이 들어서 떼어버렸다. 지금 그 사진은 구석에 있는 선반 위, 그의 깨끗한 셔츠 밑에 있었다.

"드실 만한 게 뭐 있어요?"

소년이 물었다.

"냄비에 생선 볶음밥이 있는데, 너도 먹을래?"

"아뇨. 전 집에 가서 먹으면 돼요. 불을 지필까요?"

"그럴 필요 없다. 내가 나중에 해도 돼. 그냥 찬밥을 먹어도 되고."

"제가 투망 가지고 가도 되죠?"

"그럼, 되고말고."

사실 투망은 없었다. 노인이 그것을 언제 팔아치웠는지도 소년은 기억하고 있었다. 하지만 노인과 소년은 이런 연극을 매일 되풀이하곤 했다. 또 소년은 냄비에 생선 볶음밥이 없다는 것도 이미 알고 있었다.

"팔십오는 행운의 숫자야."

노인이 말했다.

"내가 내장을 빼내고도 천 파운드*가 넘는 큰 고기를 잡아온다면 어떨 것 같으냐?"

---

* 무게의 단위. 1파운드는 약 453.592그램에 해당한다.(옮긴이)

"투망으로 정어리나 잡아올게요. 할아버지는 문 앞에 앉아서 햇볕이나 쬐고 계세요."

"그래. 어제 신문이 있으니 야구 기사나 봐야겠구나."

소년은 어제 신문이 있다는 것도 사실인지 아닌지 알 수 없었다. 하지만 노인은 침대 밑에서 실제로 신문을 꺼냈다.

"페리코가 술집에서 줬어."

노인이 소년에게 설명했다.

"아무튼 전 정어리 잡으러 갔다 올게요. 얼음 통에 넣어두었다가 내일 아침에 할아버지랑 둘이서 나누면 될 거예요. 야구 기사 잘 읽으셨다가 제가 오면 얘기해주세요."

"양키스는 지지 않아."

"하지만 클리블랜드 인디언스도 만만치는 않잖아요."

"애야, 양키스 팀을 믿으려무나. 양키스에는 위대한 디마지오*가 있잖아."

"디트로이트 타이거스나 클리블랜드 인디언스에도 뛰어난 선수는 많아요."

"정신 차려! 그러다가 신시내티 레즈나 시카고 화이트 삭스도 무서워하겠구나."

"그럼 꼼꼼히 보시고 제가 돌아오면 얘기해주세요."

---

* Joe DiMaggio. 1936년부터 1951년까지 양키스 팀에서 활약한 외야수, 타자.(옮긴이)

"끝자리가 팔십오로 끝나는 복권을 한 장 사는 건 어떨까?
내일이 고기를 못 잡은 지 팔십오 일째 되는 날이니까 말이야."

"그야 어렵지 않죠."

소년이 말했다.

"그런데 할아버지의 최고 기록인 팔십칠은 어때요?"

"그런 일은 다시 일어나지 않아. 팔십오로 끝나는 것을 구할
수 있겠니?"

"그럼요, 그런 복권으로 달라고 하면 돼요."

"한 장만 사거라. 그것만도 이 달러 오십 센트니까. 그나저나
누구한테 돈을 빌리지?"

"그야 문제없죠. 그만한 돈쯤 언제든 빌릴 수 있다고요."

"그 정도는 나도 빌릴 수 있을 게다. 하지만 난 웬만하면 돈
을 안 빌리려고 하지. 한번 빌리다 보면 나중엔 구걸을 하게
되거든."

"나이 든 사람은 몸이 따뜻해야 해요, 할아버지. 벌써 9월이
라는 것을 잊지 마세요."

소년이 말했다.

"큰 고기가 잡히는 계절이지. 5월은 누구라도 어부가 될 수
있는 달이고."

노인이 말했다.

"그럼 정어리 잡으러 갔다 올게요."

소년이 말했다.

소년이 돌아와 보니 노인은 의자에 앉은 채로 잠들어 있었다. 해는 이미 진 뒤였다. 소년은 침대에서 낡은 군용 담요를 걷어와 의자 등받이와 노인의 어깨에 덮어주었다. 노인의 어깨는 신기했다. 몹시 늙었는데도 힘이 넘쳐 보였다. 목덜미도 여전히 억세고 단단해서 이렇게 잠이 들어 앞으로 고개를 숙이고 있으니 주름살도 거의 보이지 않았다. 하도 많이 기워 입은 셔츠는 노인의 돛과 똑같았다. 누덕누덕 기운 조각마다 햇빛에 바래서 조금씩 색깔이 달랐다. 하지만 머리를 보면 역시 늙었고 눈을 감은 얼굴에 생기라고는 찾을 수가 없었다. 신문은 노인의 무릎 위에 그대로 가로놓여 있었는데 팔에 눌려 저녁 바람이 부는데도 날아가지 않고 그대로 있었다. 노인은 맨발이었다.

소년은 노인을 두고 자리를 떴다. 소년이 다시 나갔다 올 때까지도 노인은 여전히 자고 있었다.

"할아버지, 그만 일어나세요."

소년은 이렇게 말하고는 노인의 한쪽 무릎에 손을 얹었다.

노인이 눈을 떴다. 잠시 후 정신을 차린 노인이 소년에게 미소를 지었다.

"무엇을 가지고 온 게냐?"

노인이 물었다.

"저녁거리요."

소년이 대답했다.

"저녁 먹어요. 우리."

"별로 배고프지 않은데."

"어서 드세요. 빈속으로 고기를 잡을 순 없잖아요."

"안 먹고도 잡았는데, 뭘."

노인은 이렇게 말하면서 일어나고는 신문을 집어 들어 접었다. 이어서 담요도 개기 시작했다.

"담요는 그대로 걸치고 계세요. 제가 있는 동안에는 식사를 안 하시면 고기도 못 잡으시게 할 거예요."

소년이 말했다.

"너나 건강하게 오래오래 살렴. 그런데 저녁거린 뭐냐?"

노인이 말했다.

"검은콩 밥하고 바나나 튀김, 그리고 스튜가 조금 있어요."

소년은 테라스 식당에서 이중으로 된 금속 용기에 저녁거리를 담아 가지고 왔다. 나이프와 포크, 스푼 두 벌은 각각 종이 냅킨으로 말아서 주머니에 넣어왔다.

"누가 준 거니?"

"마틴이요. 테라스 주인 말이에요."

"고맙다고 해야겠구나."

"제가 벌써 고맙다는 인사를 했어요. 그러실 필요 없어요."

소년이 말했다.

"큰 고기를 잡으면 뱃살이라도 좀 줘야겠다. 이런 적이 한두 번이 아니지?"

노인이 말했다.

"맞아요."

"그럼 뱃살보다 더 좋은 데를 줘야겠는걸. 이렇게 우리를 신경 써주니 말이야."

"맥주도 두 병 주었어요."

"난 캔 맥주면 돼."

"알아요. 하지만 이건 병맥주예요. 아투에이 맥주*요. 빈병은 제가 다시 갖다 줄 거예요."

"참 기특하기도 하구나. 어디 먹어볼까?"

노인이 말했다.

"아까부터 드시라고 했잖아요."

소년이 정겨운 목소리로 말했다.

"할아버지가 준비하실 때까지 기다리느라 뚜껑도 안 열고 있었다고요."

"이제 먹자꾸나. 손을 씻고 오느라고."

노인이 말했다.

---

* Hatuey beer. 쿠바의 수도 아바나에서 생산되는 맥주 상표.(옮긴이)

어디서 씻으셨지? 소년은 생각했다. 마을의 수도는 두 블록이나 내려가야 있었다. 물도 떠다 놔야겠구나, 하고 소년은 생각했다. 비누와 좋은 수건도 챙기고. 난 왜 이렇게 생각이 모자라지? 겨울을 나시려면 셔츠와 재킷도 하나씩 더 필요힐 기야. 신발과 담요도 더 있어야 하고.

"스튜가 꽤 맛있구나."

노인이 말했다.

"야구 이야기 좀 해주세요."

소년이 청했다.

"내가 말한 대로야. 아메리칸 리그에서는 양키스가 최고지."

노인이 즐거운 표정으로 말했다.

"양키스는 오늘 졌는데요."

소년이 노인에게 말했다.

"한 번 지는 게 뭐 대수냐. 위대한 디마지오가 있으니까 뭔가 보여줄 거라고."

"양키스에는 다른 선수들도 있잖아요."

"그야 그렇지. 그래도 디마지오는 달라. 그리고 다른 리그에서는 브루클린과 필라델피아가 붙으면 난 브루클린에게 걸 거야. 어쨌든 필라델피아의 딕 시슬러가 옛 구장에서 날리던 그 장타는 정말 잊을 수 없지."

"그런 멋진 장타는 저도 처음 봤어요. 딕은 정말 굉장해요."

"너 그 사람이 테라스 식당에 가끔 왔던 거 생각나니? 그를 데리고 고기 잡으러 나가고 싶었지만 나는 쑥스러워서 말도 못 꺼냈지. 그래서 너한테 말해보라고 하니 너도 뭐 별수 없었잖아."

"생각나요. 큰 실수를 한 거죠. 그때 말했으면 우리와 함께 갔을지도 모르는데. 만약 그랬다면 평생 자랑거리가 되었겠죠."

"위대한 디마지오와 함께 낚시하러 가고 싶구나. 디마지오의 아버지도 어부였다고 하던데. 아마 디마지오도 우리처럼 어린 시절을 가난하게 보내서 우리를 잘 이해해줄 거야."

노인이 말했다.

"위대한 시슬러의 아버지는 가난하지 않았어요. 게다가 그는, 그러니까 시슬러의 아버지는 제 나이 때 벌써 메이저 리그에서 뛰었더라고요."

"나는 네 나이 때 아프리카를 다니던 횡범선橫帆船의 하급 선원이었지. 저녁때면 해안에서 사자를 보곤 했는데."

"알아요. 전에 얘기해주셨잖아요."

"아프리카 얘기를 할까, 야구 얘기를 할까?"

"야구 얘기 해주세요."

소년이 대답했다.

"위대한 존 J. 맥그로* 얘기 좀 해주세요."

---

* John J. McGraw. 1902년부터 1932년까지 뉴욕 자이언츠에서 활약한 선수이자 감독.(옮긴이)

소년은 제이를 '호타'라고 발음했다.

"맥그로도 예전에는 이따금 테라스 식당에 왔었지. 하지만 좀 거칠었어. 말도 상스럽게 하고 술을 마실 때는 상대하기가 어려웠어. 맥그로는 야구만큼 경마도 무척 좋아했지. 주머니에는 언제나 경주마 목록을 갖고 다닐 정도였으니까. 전화통에 대고 정신없이 말 이름을 불러주곤 했단다."

"그는 정말 대단한 감독이었죠. 저희 아빠는 맥그로가 최고의 감독이라고 하시더라고요."

소년이 말했다.

"그야 맥그로가 여기에 자주 나타났으니까 하는 소리지. 만약 듀로셔*가 해마다 여기에 왔다면 네 아버지는 듀로셔가 최고의 감독이라고 했을 게다."

노인이 말했다.

"그럼 할아버지가 생각하는 최고의 감독은 누군데요? 루케예요, 아니면 마이크 곤살레스**예요?"

"내 생각에는 둘 다 비슷해."

"최고의 어부는 할아버지고요."

"천만에. 나보다 더 뛰어난 사람들을 많이 안단다."

"아뇨."

---

* Leo Ernest Durocher. 1925년부터 1945년까지 활약한 선수.(옮긴이)

** Luque, Mike Gonzalez. 둘 다 메이저 리그 선수.(옮긴이)

소년이 말했다.

"물론 고기 잘 잡는 어부들이야 많겠죠. 훌륭한 어부도 더러 있을 테고요. 하지만 진짜 어부는 할아버지뿐이에요."

"고맙구나. 그 말을 들으니 기분이 좋은걸. 제발 감당하지 못할 큰 고기가 나타나서 네가 한 말을 뒤집어놓지나 않았으면 좋겠구나."

"말씀하신 대로 아직 힘이 있으신데 할아버지가 못 다루실 큰 고기가 어디 있어요?"

"내가 너무 내 힘만 믿는 건 아닌지 모르겠다. 하지만 난 고기 잡는 기술도 있고 또 각오도 단단하니까."

노인이 말했다.

"이제 그만 주무세요. 그래야 내일 아침에 힘이 나지요. 빈 그릇은 제가 테라스 식당에 갖다 줄게요."

"너도 잘 자려무나. 아침에 깨우러 가마."

"할아버지는 제 자명종이라니까요."

소년이 말했다.

"나이가 자명종이란다. 왜 나이를 먹으면 일찍 잠에서 깨는 걸까? 하루를 더 길게 보내라고 그러는 건가?"

노인이 말했다.

"글쎄요. 그건 잘 모르지만 저 같은 어린애들은 늦게까지 푹 잔다는 것만은 알고 있어요."

소년이 말했다.

"그 나이 땐 나도 그랬지. 하여튼 아침에 깨우러 가마."

노인이 말했다.

"선장이 깨우는 것은 싫어요. 제가 못난이 같다는 생각이 들거든요."

"알았다."

"그럼 푹 주무세요, 할아버지."

소년은 밖으로 나갔다. 그들은 불도 켜지 않은 채 식사를 했었다. 소년이 나가자 노인은 어둠 속에서 바지를 벗고 침대로 올라갔다. 그러고는 바지에 신문지를 넣고 둘둘 말아 베개를 만들었다. 그리고 담요를 몸에 두르고 침대 위에 몸을 뉘였다. 용수철 위에 시트 대신 오래된 신문지가 깔려 있는 침대였다.

노인은 이내 잠이 들었다. 그리고 소년 시절에 가본 아프리카의 꿈을 꾸었다. 길게 펼쳐진 금빛 해변과 눈이 부실 정도로 하얀 백사장, 높이 솟은 곶, 커다란 갈색 산봉우리가 보였다. 노인은 요즘 매일 밤 이런 꿈을 꾸었다. 밀려드는 파도 소리를 들었고 원주민들의 배가 파도를 타고 해안으로 들어오는 모습을 보기도 했다. 갑판의 타르와 뱃밥* 냄새를 맡았고, 아침이 되면 육지의 미풍이 실어온 아프리카의 냄새도 맡았다.

---

* 배의 틈으로 물이 들어오지 못하게 막는 물건.(옮긴이)

평소 같으면 노인은 그 바람 냄새를 맡을 때쯤 잠에서 깨어나 옷을 걸치고 소년을 깨우러 갔었다. 하지만 오늘은 육지의 바람 냄새가 너무 일찍 왔다. 꿈결에도 시간이 아직 이르다는 것을 알았다. 노인은 다시 꿈속으로 돌아가 바다 위로 솟구친 섬의 하얀 산봉우리들과 이곳저곳의 항구들, 또 카나리아 군도*의 배 정박지들을 보았다.

노인은 이제 폭풍우라든가 여자에 관한 꿈은 꾸지 않았다. 또 대형 사건이나 큰 고기, 싸움, 힘겨루기 대회, 아내에 관한 꿈도 꾸지 않았다. 그가 꿈에서 보는 것은 오직 이곳저곳의 풍경이나 해안에 나타나는 사자들뿐이었다. 사자들은 황혼 속에서 새끼 고양이처럼 놀고 있었다. 그는 사자를 소년을 사랑하는 것처럼 사랑했다. 하지만 소년에 관한 꿈을 꾼 적은 한 번도 없었다. 문득 잠에서 깬 노인은 열린 문으로 달을 쳐다보았다. 그리고 말아서 베고 잔 바지를 다시 펼쳐 입었다. 노인은 밖으로 나가 소변을 본 다음, 소년을 깨우러 길을 따라 올라갔다. 차가운 새벽 공기가 닿자 몸이 떨렸다. 하지만 떨다 보면 이내 몸이 더워진다는 것을 노인은 알고 있었다. 그리고 어차피 노를 젓다 보면 몸이 풀릴 것이다.

소년이 사는 집은 문을 잠그지 않았기 때문에 노인은 문을

---

* Islas Canarias. 아프리카 북서부 대서양에 있는 스페인령 화산 제도.(옮긴이)

열고 조용히 맨발로 들어갔다. 소년은 첫 번째 방의 조그만 침대에서 자고 있었다. 기울어가는 달빛이 새어 들어와 노인은 소년의 얼굴을 또렷이 볼 수 있었다. 노인은 소년이 잠을 깰 때까지 소년의 한쪽 발을 가만히 잡고 있었다. 그리고 소년이 눈을 뜨고 고개를 돌려 노인을 바라보자 노인은 고개를 끄덕였다. 소년은 침대 옆 의자에 걸쳐놓은 바지를 집어 들고 침대에 걸터앉아 주섬주섬 옷을 입었다.

노인이 문밖으로 나오자 소년이 뒤따라 나왔다.

"미안하구나."

아직 잠에서 덜 깬 소년의 어깨를 감싸면서 노인이 말했다.

"아니에요. 남자라면 당연히 해야 할 일이죠."

소년이 대꾸했다.

그들은 노인의 오두막이 있는 곳까지 길을 따라 내려갔다. 아직 어둠이 걷히지 않은 길에는 사람들이 돛대를 어깨에 메고 맨발로 분주히 움직이고 있었다.

오두막에 이르자 소년은 바구니에 담긴 낚싯줄 뭉치며 작살, 갈고리를 집어 들었다. 노인은 돛이 감긴 돛대를 어깨에 둘러메었다.

"커피 드시겠어요?"

소년이 물었다.

"우선 이것들을 배에 실어놓고 마시자꾸나."

그들은 어부들을 위해 아침 일찍 문을 연 식당으로 가서 연유 통에 든 커피를 마셨다.

"잘 주무셨어요, 할아버지?"

소년이 물었다. 소년은 아직도 잠이 완전히 깨지는 않았지만 이제 정신이 드는 모양이었다.

"아주 잘 잤단다, 마놀린. 오늘은 자신 있어."

노인이 대답했다.

"저도 그래요. 가서 정어리를 가져올게요. 할아버지 거랑 제 것, 그리고 다른 싱싱한 미끼도요. 저희 배 선장은 어구를 직접 날라요. 다른 사람은 손도 못 대게 해요."

"우리는 다르지. 나야 네가 다섯 살 때부터 짐을 나르게 했으니까."

노인이 말했다.

"그랬죠."

소년이 말했다.

"금방 돌아올게요. 커피 한 잔 더 하세요. 우리에게 이 집은 외상도 돼요."

소년은 맨발로 산호 바위를 넘어서 미끼를 보관해둔 냉동 창고 쪽으로 갔다.

노인은 천천히 커피를 마셨다. 이걸로 오늘 하루를 버텨야 하기 때문에 커피만은 꼭 마셔둬야 한다는 것을 노인은 잘 알고 있었다. 벌써 오래전부터 먹는 것도 귀찮아서 아예 점심도 챙기지 않았다. 뱃머리 쪽에 물 한 병이 있었고 이것이면 하루 동안은 충분했다.

소년이 정어리들과 함께, 미끼로 쓰라고 생선 두 마리를 신문지에 싸서 돌아왔다. 발바닥에 모래자갈의 감촉을 느끼며 두 사람은 오솔길을 따라 배로 향했다. 가져온 짐을 실은 뒤 배를 밀어 물에 띄웠다.

"할아버지, 행운을 빌어요."

"행운을 빈다."

노인이 말했다. 노인은 노를 묶은 밧줄을 풀어 노걸이 못에 매고는 노를 물속에 첨벙 담갔다. 그리고 몸을 앞으로 숙이고 노를 저으면서 어두운 항구를 빠져나가기 시작했다. 해안 여기저기에 정박해 있던 다른 배들도 바다로 나가고 있었다. 이미 달이 산 너머로 기울었기 때문에 배들이 잘 보이지는 않았지만 노 젓는 소리는 노인에게 또렷이 들렸다.

어떤 배에서는 이따금 말소리도 들렸지만 대부분 노 젓는 소리 외에는 조용하기만 했다. 항구에서 멀어지자 배들은 제각기 고기를 잡기 위해 점찍어둔 곳을 향해 사방으로 흩어졌다. 노인은 오늘 먼 곳으로 나갈 생각이었다. 그래서 육지의 냄새를 뒤로한 채 이른 아침의 상쾌한 바다 냄새를 맡으며 노를 저어나갔다. 어부들 사이에서 '큰 우물'이라고 불리는 해역에 이르자 멕시코 만의 해초가 물속에서 뿜어내는 인광燐光*이 보였다. 그 해역을 큰 우물이라고 부르는 까닭은 수심이 갑자기 칠백 패덤**이나 깊어지기 때문인데, 해류가 해저에 이르는 가파른 비탈에 부딪쳐 소용돌이를 만들면서 온갖 고기들이 몰려드는 곳이었다. 이곳에는 작은 새우를 비롯해 미끼용 고기가 떼를 지어 서식하기도 했다. 때로는 바다 깊숙이 있던 오징어 떼가 밤에 수면 가까이 올라왔다가 그곳을 지나는 큰 고기들의 밥이 되기도 했다.

어둠 속에서도 노인은 아침이 오는 것을 느낄 수 있었다. 노를 저으면서 날치가 물 위로 튀어 오르며 내는 배의 진동 소리와 날개를 빳빳이 세우고 어둠 속에서 높이 날 때 내는 쉿! 쉿! 하는 소리를 들었다. 노인은 마치 바다에서 가장 다정한 친구라도 되는 것처럼 날치를 꽤나 좋아했다. 하지만 새를 보면 가여운 생각이 들었다. 물고기를 찾아 날아다니면서도 언제나 허탕만 치는 작고 가냘픈 까만 제비갈매기가 특히 안쓰러웠다. 도둑갈매기나 크고 힘이 센 새를 제외하면 새들은 우리보다 훨씬 고달프게 살아간다고 노인은 생각했다. 바다가 이토록 잔인한데 어쩌자고 자연은 제비갈매기처럼 작고 연약한 새를 만들

---

* 복사 광선에 노출된 물질이, 복사 에너지가 사라진 후에도 계속하여 내는 발광. 횐인 따위에서 볼 수 있다.(옮긴이)
** fathom. 주로 바다의 깊이를 재는 단위로, 1패덤은 약 1.83미터에 해당한다.(옮긴이)

었단 말인가? 바다는 온화하고 아름답다. 하지만 갑자기 잔인해지기도 한다. 작고 처량한 울음소리를 내며 바다 위를 날다가 고기를 잡으려고 주둥이를 물속에 담그는 새들은 바다에 비하면 얼마나 연약한가.

노인은 언제나 바다를 '라 마르la mar'라고 생각했다. 라 마르는 이곳 사람들이 애정을 담아 바다를 스페인어로 부를 때 쓰는 말이었다. 바다를 사랑하는 사람이라 할지라도 더러 바다를 욕할 때가 있다. 그렇다고 해도 언제나 이들은 바다를 여성으로 표현했다. 젊은 어부들 가운데 찌 대신에 부표를 매단 낚싯줄을 물에 띄워 고기를 낚고, 상어 간으로 큰돈을 벌어 모터보트를 몰고 다니는 자들은 바다를 '엘 마르el mar'라고 부르며 남성으로 표현했다. 이들은 바다를 경쟁자나 경쟁 장소로 여겼고, 심지어 적으로 생각하기도 했다. 하지만 노인은 언제나 바다를 여성으로 여겼으며 바다가 많은 걸 베풀어줄 때도 있고 냉담할 때도 있다고 생각했다. 어쩌다 난폭해지거나 심술을 부릴 때는 바다도 어쩔 수 없기 때문이라고 믿었다. 또 달이 여성에게 영향을 미치는 것처럼 바다에도 영향을 준다는 것이 노인의 생각이었다.

노인은 꾸준히 노를 저어나갔다. 일정한 속도를 유지했고, 이따금 해류의 영향으로 소용돌이가 치는 곳 외에는 수면이 잔잔했기 때문에 별로 힘이 들지 않았다. 노를 젓는 일도 삼 분의 일은 해류에 내맡겼다. 그래서인지 날이 밝기 시작할 무렵에는 이 시간쯤 도착할 거라 예상한 지점보다 더 멀리 나오게 되었다.

일주일 내내 큰 우물에서 작업했는데 헛수고만 했지. 노인은 생각했다. 오늘은 가다랑어와 날개다랑어 떼가 있는 곳으로 나가보자. 그놈들 틈에 큰 것이 있을지도 모르니까.

날이 활짝 밝기 전에 노인은 미끼를 꺼낸 뒤 해류에 배를 맡겼다. 첫 미끼는 사십 패덤 깊이로 담갔고 두 번째 것은 칠십오 패덤 정도로 드리웠다. 그리고 세 번째와 네 번째는 각각 백 패덤과 백이십 패덤 깊이로, 물빛이 더욱 짙푸르러 보이는 지점에 내려보냈다. 미끼는 모두 미끼 고기의 꼬리부터 꿰어 낚싯바늘의 곧은 부분까지 밀어 올린 뒤 떨어지지 않도록 단단히 묶어 꿰었고 툭 튀어나온 부분, 즉 구부러진 갈고리 끝에는 모두 싱싱한 정어리를 여러 겹 꿰어 감쌌다. 두 눈을 꿰뚫린 정어리는 쇠막대에 꽂힌 반달 모양의 화환처럼 보였다. 어떤 큰 고기라도 구수한 냄새를 맡고 입맛을 다시지 않을 수 없게끔 낚싯바늘은 미끼로 온통 감싸져 있었다.

소년이 가져다준 작고 싱싱한 다랑어 두 마리는 바다에 깊이 담근 낚싯줄 두 개에 추처럼 매달려 있었다. 나머지 두 줄에는 전에 한 번 사용했던 큼직한 푸른 줄무늬 전갱이와 무명갈전갱이를 각각 매달았는데, 아직은 그런대로 쓸 만했다. 어쨌든 먹음직스런 정어리가 볼품도 있고 매혹적일 테니 걱정은 없었다.

커다란 연필 굵기만 한 낚싯줄에는 물에 뜨는 녹색 찌가 매달려 있었다. 고기가 와서 미끼를 당기거나 조금만 건드려도 찌가 물속으로 들어가게 되어 있었다. 낚싯줄에는 각각 사십 패덤짜리 낚싯줄 뭉치가 두 개씩 달려 있었고, 여기에 다른 예비용 줄을 더 연결할 수도 있어서 필요할 경우에는 미끼를 문 고기가 삼백 패덤 이상 낚싯줄을 끌고 갈 수 있게 해놓았다.

노인은 배 양쪽에 걸쳐져 있는 세 개의 찌가 물속으로 들어가는지 지켜보았다. 그리고 물속에 드리운 낚싯줄이 적당한 깊이에서 팽팽하게 드리워지도록 조심하면서 가만가만 노를 저었다. 이제 날이 환해져서 당장이라도 해가 바다 위로 떠오를 것만 같았다.

저 멀리 수평선 위로 해가 엷은 빛을 비치며 서서히 떠오르기 시작하자 노인의 눈에는 해안 쪽으로 넓게 흩어져 있는 배들이 보였다. 배들은 해류를 거스르며 수면에 납작하게 붙어 있었다. 이윽고 해가 그 모습을 완연히 드러내자 주변이 온통 밝아지면서 수면이 눈부시게 빛났다. 매끈한 수면에 반사되는 햇빛이 눈을 찔러대서 노인은 해가 있는 쪽을 보지 않은 채 노를 저었다. 그리고 시커먼 바닷속을 들여다보면서 낚싯줄이 똑바로 드리워져 있는지 살폈다. 노인은 다른 누구보다도 낚싯줄을 똑바로 드리우는 솜씨가 뛰어났다. 그래야만 컴컴하고 깊은 바닷속 어디든 그가 원하는 정확한 위치에 미끼를 놓아서 거기서 헤엄치는 물고기를 기다릴 수 있기 때문이었다. 다른 어부들은 낚싯줄이 해류에 흘러가도록 내버려두기 때문에 육십 패덤 정도로 드리워놓고도 백 패덤 깊이에 내려가 있다고 여기기도 했다.

하지만 나야 언제나 정확하지, 하고 노인은 생각했다. 단지 더 이상 운이 따라주지 않을 뿐이야. 그러나 오늘은 큰 놈이 걸릴지 누가 알아? 하루하루가 새 날이라고. 운이 따라주기만 하면 더없이 좋겠지만 그것과는 상관없이 일은 확실히 해야지. 그래야 운이 다가왔을 때 낚아챌 수 있을 테니까.

해가 뜬 지 두 시간이 지나자 이제 동쪽을 바라보아도 눈이 아프지 않았다. 배는 세 척밖에 보이지 않았다. 그것도 멀리 해안 가까이에 있어 아주 작아 보였다.

평생 이렇게 아침 해를 보느라 눈이 상한 거야. 노인은 생각했다. 그래도 아직 끄떡없어. 해가 뉘엿뉘엿 질 즈음엔 해를 똑바로 쳐다볼 수 있을 정도니까. 사실 저녁 햇빛이 더 강렬한데 어째서 아침 해만 보면 눈이 아플까?

바로 그때 노인은 길고 검은 날개를 펼친 군함새가 바로 앞에서 원을 그리며 나는 것을 보았다. 군함새는 날개를 뒤로 접은 채 머리를 아래로 향하고 쏜살같이 내려왔다 다시 올라가며 또다시 원을 그렸다.

"저놈이 무언가를 본 모양인데."

노인이 큰 소리로 말했다.

"저건 단순히 찾는 동작이 아니야."

노인은 새가 맴도는 방향을 향해 천천히 계속 노를 저었다. 절대 서두르지 않았고 낚싯줄들을 팽팽하게 유지하며 조심스럽게 노를 저었다. 새를 이용하지 않고 고기를 낚을 때보다 빠르게 나아갔지만 파도가 약간 거칠어졌는데도 노인은 여전히 처음 그대로의 자세로 낚시를 정확하게 하고 있었다.

새는 한층 더 높이 올라가 허공을 맴돌고 있었다. 날갯짓도 하지 않았다. 그러다가 갑자기 밑으로 쏜살같이 내려왔다. 노인은 날치가 물 밖으로 튀어나와 필사적으로 수면 위를 나는 모습을 보았다.

"만새기다."

노인은 큰 소리로 외쳤다.

"아주 큰 놈이야."

노인은 노를 노걸이 못에 걸고 뱃머리 밑에서 작은 낚싯줄을 꺼냈다. 그 줄에는 철사로 된 낚시목줄과 중간 크기의 낚싯바늘이 달려 있었는데 노인은 거기에 정어리 한 마리를 꿰었다. 그러고는 낚시를 뱃전 너머로 드리운 다음, 낚싯줄을 배 뒤쪽에 있는 고리 걸쇠에 묶었다. 이어서 다른 줄에도 미끼를 달아 뱃머리 판자 밑의 그늘진 곳에 감아두었다. 노인은 다시 노를 저으면서 길고 검은 날개의 군함새가 고기를 찾는 모습을 유심히 지켜보았다. 새는 이제 수면에 바짝 붙어서 날고 있었다.

새는 날개를 접은 채 수면 쪽으로 급강하했다가 다시 요란하게 날개를 퍼덕이며 날치를 쫓았지만 허탕을 쳤다. 노인의 눈에 커다란 만새기가 도망치는 날치를 쫓아 위로 올라오는 순간 수면이 불룩 솟아오르는 게 보였다. 만새기는 물살을 가르며 날치를 쫓다가 날치가 수면으로 떨어지면 받아먹으려고 속도를 조절했다. 정말 어마어마한 만새기 떼로군. 노인은 생각했다. 만새기가 넓게 퍼져서 쫓고 있기 때문에 날치는 빠져나갈 가망이 거의 없어. 새에게도 날치를 잡을 기회는 오지 않을 거야. 새에 비해 날치의 몸집은 너무 큰 데다 속도도 너무 빨라.

노인은 연달아 수면 위로 뛰어오르는 날치와 번번이 허탕만 치는 새의 모습을 지켜보았다. 만새기 떼는 이미 멀리 사라졌군. 노인은 생각했다. 지금쯤 빠른 속도로 아주 먼 바다를 향해 나아가고 있겠지. 하지만 어쩌다 뒤처진 놈이 하나 걸릴지도 모르지. 혹시 알아? 그놈들 사이에 내가 기다리는 큰 놈이 섞여 있을지 말이야. 그놈은 분명 어딘가에 있을 거야.

멀리 육지 위로 구름이 산처럼 떠 있었고, 해안은 뒤쪽의 회청색 산 때문에 긴 녹색 선으로밖에 보이지 않았다. 바닷물은 더욱 검푸른 색을 띠었다. 짙다 못해 보랏빛에 가까웠다. 노인이 물속을 들여다보자 어두운 물속에서 떠다니는 빨간 플랑크톤 찌꺼기가 보였다. 햇살을 받은 플랑크톤은 이상한 빛을 띠고 있었다. 노인은 낚싯줄이 물속에 똑바로 드리워져 있는지 확인하려고 줄을 자세히 살펴보았다. 플랑크톤이 몰려 있는 걸 보면 늘 기분이 좋았다. 근처에 고기가 있다는 것을 의미하기 때문이다. 해가 높이 떠올랐는데도 햇빛 때문에 물속의 플랑크톤이 이상한 빛을 띠는 것은 날씨가 좋을 것이라는 징조였으며, 육지 위로 피어오른 구름의 모양도 좋은 날씨를 예고하고 있었다. 하지만 새는 어디로 갔는지 보이지 않았다. 물 위에 보이는 것이라곤 햇빛에 누렇게 바랜 해초 몇 더미와 뱃전 가까이 떠다니는 고깔해파리밖에 없었다. 고깔해파리의 아교질 부레는 일정한 형태를 갖추고 보랏빛을 띠었는데 보는 각도에 따라 색깔이 바뀌었다. 해파리는 몸을 옆으로 뒤척였다가 다시 제 모습으로 돌아왔다. 일 야드 정도의 독성이 있는 진보라색 섬유질 꼬리가 달린 해파리는 물거품처럼 기분 좋게 흐느적거렸다.

"아구아 말라*로군."

노인이 중얼거렸다.

"매춘부 같은 것."

노인이 천천히 노를 저으며 물속을 들여다보니 해파리의 섬유질 꼬리와 비슷한 색깔을 띤 조그마한 물고기들이 해파리가 만든 작은 물거품 그늘 밑을 헤엄쳐 다니는 모습이 보였다. 그

---

*   agua mala. 해파리를 뜻하는 스페인어. 독수毒水라는 뜻이 있음.(옮긴이)

물고기들은 해파리의 독에 면역이 되어 있었다. 하지만 사람은 달랐다. 노인이 낚시를 할 때 어쩌다 그 미끈미끈한 보랏빛 섬유질 꼬리의 일부가 낚싯줄에 달라붙기라도 하면, 마치 독담쟁이나 옻나무를 만졌을 때처럼 여지없이 손과 팔이 헐고 상처가 남곤 했다. 게다가 아구아 말라의 독은 순식간에 퍼질 뿐만 아니라 채찍으로 얻어맞은 것처럼 쓰렸다.

무지갯빛으로 빛나는 아구아 말라의 물거품은 무척 아름다웠다. 하지만 아구아 말라는 바다에서 가장 악랄한 사기꾼이었다. 그래서 노인은 큰 바다거북이 그놈들을 먹어치우는 모습을 볼 때마다 아주 기분이 좋았다. 거북은 해파리를 보면 바싹 달려들어 눈을 감고 몸을 등딱지 속에 완전히 숨긴 다음에 섬유질 꼬리도 남기지 않고 몽땅 먹어치웠다. 노인은 거북이 해파리를 먹는 모습을 보는 것이 유쾌했을 뿐만 아니라 폭풍이 지나간 뒤 해변에 밀려온 해파리를 굳은살이 박인 투박한 발바닥으로 밟고 지나갈 때 펑펑 터지는 소리를 듣는 것도 그렇게 기분 좋을 수가 없었다.

노인은 초록바다거북과 대모玳瑁*는 멋지게 생긴 데다 재빠르고 값이 비싸기 때문에 좋아했지만 누런 등갑을 한 붉은바다거북은 왠지 측은한 생각이 들었다. 덩치만 크고 미련한 데다

---

* 독성이 강한 해면동물을 먹고 사는 바다거북의 일종.(옮긴이)

짝짓기 동작도 괴상하고 눈을 감고 게걸스럽게 고깔해파리를 먹는 모습이 그랬다.

노인은 여러 해 동안 거북잡이 배에서 일을 했었다. 하지만 거북에 대한 신비감이 없었다. 한번은 조각배만큼 긴 등갑에 무게가 일 톤이나 되는 거대한 놈을 본 적이 있는데, 왠지 모르게 가여운 생각이 들었다. 그러나 사람들은 대부분 거북을 불쌍하게 여기지 않는다. 거북은 몸에 칼질을 하고 살을 발라낸 뒤에도 심장이 몇 시간 동안 펄떡펄떡 뛰기 때문이다. 하지만 그때마다 노인은 이런 생각이 들었다. 나도 그런 강한 심장을 갖고 있다고! 내 손과 발도 거북처럼 지치지 않아. 노인은 체력을 유지하기 위해 하얀 거북 알을 먹고는 했다. 9월에서 10월 사이에 정말 큰 고기를 잡을 때를 대비해 5월 한 달 내내 거북 알을 먹었다.

또 노인은 어부들이 주로 어구를 보관하는 오두막 안에 있는 큰 드럼통에서 매일같이 상어의 간유肝油*를 한 컵씩 퍼마시기도 했다. 간유 통은 누구든 마시고 싶을 때 마실 수 있도록 그 오두막에 놓여 있었다. 어부들은 대부분 간유의 맛에 몸서리를 쳤다. 하지만 날마다 새벽같이 일어나야 하는 고통에 비하면 아무것도 아니었다. 게다가 상어의 간유는 모든 감기나 독감

---

* 명태, 대구, 상어 따위의 물고기의 간장에서 뽑아낸 지방유로, 비타민이 많다.(옮긴이)

치료에 매우 효과적이었을 뿐만 아니라 눈에도 좋았다.

노인이 갑자기 하늘을 올려다보았다. 새가 다시 공중을 맴돌고 있었다.

"저 녀석이 고기를 찾았구나."

노인은 큰 소리로 말했다. 수면 위로 뛰어오르는 날치도 없었고, 미끼로 매단 작은 고기들도 얌전히 그대로 있었다. 가만히 지켜보고 있자니 작은 다랑어 한 마리가 물 위로 솟구쳤다가 몸을 돌려 다시 머리를 물속에 처박았다. 햇살에 다랑어의 몸이 은빛으로 번쩍였다. 한 놈이 물속으로 들어간 다음에 연달아 다른 놈이 계속 물 위로 뛰어올랐다. 사방에서 튀어 오르며 수면을 휘젓고 펄쩍펄쩍 튀는 모습이 미끼를 쫓는 모양이었다. 다랑어들은 미끼를 둥글게 에워싸며 쫓고 있었다.

다랑어들이 저렇게 빠르지만 않다면 배를 한복판으로 몰아볼 텐데. 노인은 생각했다. 노인은 다랑어 떼가 하얗게 물거품을 일으키는 모습과 다랑어에게 쫓겨 허둥대며 수면 쪽으로 몰려드는 고기를 잡으려 쏜살같이 내려와 주둥이를 물에 처박는 새를 지켜보았다.

"새가 큰 도움이 되는군."

노인은 중얼거렸다. 바로 그때 발밑에 놓인 배 뒤쪽의 낚싯줄이 팽팽해지는 것을 느꼈다. 노를 내려놓고 팽팽한 줄을 잡아당기기 시작하자 작은 다랑어가 요동을 치며 줄을 당기는 힘과 무게가 느껴졌다. 줄을 뱃전으로 바싹 끌어당기자 떨림이 더욱 거세졌다. 물속에서 얼핏 고기의 푸른 등이 보였다. 노인은 다랑어를 배 안으로 끌어올리면서 다랑어의 옆구리가 황금빛으로 번쩍이는 것을 보았다. 녀석은 배 뒤편 바닥에 햇빛을 받으며 누워 있었다. 통통한 몸뚱이가 총알처럼 생겼다. 크고 멍청한 눈으로 노려보며 날렵한 꼬리를 쉴 새 없이 퍼덕였는데 배의 판자를 부서져라 두드리는 것이 제 명을 재촉하는 꼴이었다. 노인은 다랑어에게 친절을 베푸는 마음으로 머리를 몽둥이로 내리치고는 여전히 떨고 있는 놈을 발로 차서 배 뒤쪽 구석으로 밀어놓았다.

"날개다랑어야."

노인은 큰 소리로 말했다.

"훌륭한 미끼가 되겠군. 십 파운드는 충분히 나가겠는걸."

노인은 혼자 있을 때 큰 소리로 말하는 버릇이 언제부터 생겼는지 알 수가 없었다. 전에는 혼자 있을 때면 노래를 불렀다. 활어조* 시설이 갖춰진 배나 거북잡이 배를 탈 때도 야간 당번을 서며 혼자 키를 잡을 때면 이따금 노래를 불렀다. 아마 혼자서 큰 소리로 말하기 시작한 것은 소년이 배를 떠난 뒤부터인 듯했다. 하지만 그것도 분명하지는 않다. 노인과 소년이 함께

---

* 잡은 물고기나 조개 따위를 살려두는 물통.(옮긴이)

낚시할 때는 보통 필요할 때만 말했다. 둘은 주로 밤이나 혹은 날씨가 좋지 않아 폭풍이 몰아칠 때 이야기를 나누곤 했다. 바다에서는 불필요한 말을 하지 않는 것을 미덕으로 여겼으며 노인 역시 같은 생각에서 그 미덕을 존중했다. 하지만 지금은 뭐라고 할 사람도 없으니 노인은 자기가 생각하고 있는 것들을 큰 소리로 내뱉었다.

"아마 이렇게 내가 혼자서 큰 소리로 떠드는 것을 누가 들으면 미쳤다고 생각하겠지."

노인은 큰 소리로 말했다.

"그럼 어때? 미치지 않았으면 됐지. 돈 많은 자들이야 배 안에 라디오가 있으니 이런저런 얘기도 듣고 야구 중계도 들을 수 있겠지만 난 아무것도 없잖아."

그나저나 야구나 생각하고 있을 때가 아니지. 노인은 생각했다. 지금은 오로지 한 가지에 정신을 집중해야 해. 내 천직 말이야. 저 고기 떼 사이에 바로 그 큰 놈이 섞여 있을지 누가 알아. 미끼를 먹고 있던 다랑어 떼 중에 뒤처진 녀석 하나를 겨우 잡았을 뿐이잖아. 저놈들은 멀리, 그리고 잽싸게 움직이고 있어. 오늘따라 녀석들이 죄다 빠르고 모두가 북동쪽으로 향하고 있는데, 혹시 지금이 그럴 때인가? 아니면 내가 모르는 무슨 기상 변화의 징조라도 느낀 건가?

해안의 녹색 선은 이미 볼 수 없었다. 보이는 거라고는 오직 눈 모자를 뒤집어쓴 듯 꼭대기가 하얀 푸른 산봉우리와 그 위로 눈 덮인 산처럼 보이는 구름뿐이었다. 바닷물은 더욱 짙푸른 색을 띠었고, 햇빛은 물속에서 일곱 가지 무지갯빛을 내뿜었다. 강한 햇살 때문에 플랑크톤의 수많은 반점들도 사라져버렸다. 수심 일 마일의 바다에 똑바로 드리워진 낚싯줄을 보고 있노라면 눈에 들어오는 것이라고는 푸른 물속 깊이 뻗어 내려가는 일곱 가지 광채뿐이었다.

다랑어 떼는 다시 물속으로 들어가 버렸다. 어부들은 흔히 고등엇과에 속하는 모든 고기를 그냥 다 똑같이 다랑어라고 부른다. 본래 이름을 제대로 부르는 경우는 매매를 하거나 미끼 고기와 바꿀 때뿐이었다. 뜨거운 햇살에 목덜미가 따가웠다. 노를 저을 때 땀방울이 등줄기를 타고 흘러내리는 것을 느꼈다.

그냥 물결에 내맡기고 한숨 자도 되지 않을까? 노인은 생각했다. 줄을 발끝에 묶어놓으면 고기가 줄을 당길 때 잠을 깰 테니까. 하지만 고기를 못 잡은 지 오늘로 팔십오 일째잖아. 오늘은 꼭 잡아야 하니까 어떻게든 정신을 차리고 제대로 하자.

노인은 그런 생각을 하면서 줄을 쳐다보고 있었다. 바로 그때 녹색 찌 하나가 물속으로 쑥 들어가는 것을 보았다.

"그래."

노인은 말했다.

"바로 이거야."

노인은 배에 충격을 주지 않으려고 살그머니 노를 노걸이 못
에 걸어놓았다. 그러고는 팔을 뻗어 오른손 엄지와 검지로 낚
싯줄을 부드럽게 잡았다. 팽팽한 당김이나 별다른 무게감은 없
었지만 노인은 계속 가볍게 줄을 잡고 있었다. 그러자 다시 신
호가 왔다. 이번에도 힘차거나 묵직한 느낌은 아니었고 시험
삼아 당기는 듯했다. 노인은 그게 어떤 상황인지 정확히 알았
다. 백 패덤 깊이의 물속에서 청새치 한 마리가 낚싯바늘에 꿰
어놓은 정어리에 입질을 하고 있는 것이었다. 낚싯바늘의 곧은
부분에는 작은 다랑어를 꿰었고 구부러진 갈고리 끝은 정어리
로 감싸놓았었다.

노인은 왼손으로 낚싯줄을 살며시, 아주 가볍게 잡고는 손가
락 사이로 조금씩 줄을 풀었다. 지금은 고기가 이상한 낌새를
느끼지 못하도록 손가락 사이로 풀어내는 게 중요했다.

이렇게 멀리 나온 데다 9월이니 굉장히 큰 놈이 틀림없어.
노인은 생각했다. 물어라, 고기야. 어서 물어. 덥석 물라고, 제
발! 캄캄한 백 패덤 아래의 차가운 물속에 있는 미끼가 무척 싱
싱해 보이지 않니? 그러니 그 어두운 곳에서 다시 다가와 미끼
를 먹으란 말이야!

그때 약하긴 하지만 줄을 당기는 느낌이 왔다. 이어서 당기
는 느낌이 좀 더 강해졌다. 필시 바늘에서 정어리의 머리를 뜯
어내는 중인 것 같았다. 그러고는 아무런 반응이 없었다.

"어서 먹으라고!"

노인이 큰 소리로 말했다.

"다시 한 번 덤벼봐! 냄새를 좀 맡아보라니까. 구수하잖아? 어서 맛있게 먹어보라고. 다랑어도 있잖아. 살이 단단하고 차갑고 맛있는 다랑어야. 겁내지 말고 어서 먹어봐!"

노인은 엄지와 검지로 줄을 잡은 채 상황을 지켜보며 기다렸다. 그리고 미끼에 관심을 보인 고기가 헤엄쳐 오르내릴지 몰라서 다른 줄도 살펴보았다. 그때 또다시 미세하게 당기는 느낌이 전해졌다.

"결국은 미끼를 물게 될 거야."

노인은 큰 소리로 외쳤다.

"하느님, 그가 제발 미끼를 물게 해주세요!"

하지만 고기는 미끼를 물지 않았다. 아주 가버렸는지 줄을 잡은 손에는 아무 느낌도 없었다.

"가버렸을 리가 없어."

그가 말했다.

"절대 그냥 갔을 리가 없지. 다시 돌아올 거야. 어쩌면 전에도 한 번 낚시를 물었다가 고생한 적이 있어서 그때 일을 생각하는 건지도 모르지."

그때 손에 낚싯줄을 건드리는 감이 왔다. 노인은 기분이 좋았다.

"잠시 한 바퀴 돈 거야."

노인이 말했다.

"결국은 먹게 되겠지."

가볍게 줄을 당기는 느낌에 노인은 기분이 좋아졌다. 그런데 갑자기 줄이 힘차게 끌려나가며 손에 믿을 수 없을 만큼의 묵직함이 느껴졌다. 고기의 무게가 심상치 않았다. 노인은 줄을 계속 풀어주었다. 두 개의 예비 줄 중 하나가 조금씩 다 풀려나갔다. 줄이 손가락 사이로 계속 풀려나가는 동안 노인은 엄지와 검지로 줄을 가볍게 쥐고 있었을 뿐인데도 손에 엄청난 무게를 느낄 수 있었다.

"굉장한 놈이로군!"

노인은 말했다.

"미끼를 입 가장자리에 물고 죽어라고 도망치고 있어."

그러다 돌아서서 한입에 집어삼키겠지, 하고 노인은 생각했다. 하지만 노인은 이런 생각을 입 밖에 내지 않았다. 무슨 일이든지 먼저 말해버리면 될 일도 안 된다는 걸 알고 있었기 때문이다. 노인은 미끼를 문 놈이 엄청나게 큰 고기임을 알았다. 아마 다랑어 미끼를 문 채 열심히 어두운 바닷속을 달리고 있을 것이다. 그때 문득 고기의 동작이 멈추는 듯했지만 묵직한 느낌은 그대로였다. 잡아당기는 힘이 더욱 커지자 노인은 줄을 계속 풀어주었다. 슬쩍 엄지와 검지에 힘을 주자 손끝에 더욱 묵직한 느낌이 들면서 줄이 빠르게 풀려 내려갔다.

"드디어 물었군."

노인이 말했다.

"어디 한번 실컷 먹어봐라."

노인은 손가락 사이로 줄을 풀어가면서 왼손을 뻗어, 남아 있는 두 예비 줄의 고리에 먼저 풀던 두 예비 줄의 끝을 단단하게 연결했다. 이제 모든 준비를 마쳤다. 지금 사용하고 있는 줄말고도 사십 패덤짜리 낚싯줄 세 개가 더 있는 셈이었다.

"조금 더 먹어. 몽땅 삼켜버리라고!"

노인은 중얼거렸다.

낚싯바늘이 네 심장에 박혀 숨이 끊어질 때까지 통째로 삼키란 말이야. 노인은 생각했다. 빨리 올라와라! 네 몸에 작살을 박아줄 테니까. 옳지, 좋았어. 이제 준비되었느냐? 이젠 충분히 먹은 거야?

"자, 지금이다!"

노인은 큰 소리로 외치고는 두 손에 힘을 주어 줄을 일 야드 정도 끌어올렸다. 그런 다음, 팔에 온 힘을 싣고 몸의 중심을 잡으면서 양손으로 번갈아가며 계속 줄을 잡아당겼다.

하지만 끄떡도 하지 않았다. 고기는 아무렇지도 않은 듯 유유히 움직였고 노인은 조금도 끌어올릴 수가 없었다. 낚싯줄은 무거운 고기를 끌어올릴 수 있을 만큼 튼튼한 것이었다. 노인은 다시 낚싯줄을 등에 둘러메고 힘껏 잡아당겼다. 낚싯줄이 팽팽해지며 물방울이 튀었다. 그때 물속에서 서서히 쉬익쉬익 하는 소리가 나기 시작했다. 노인은 다시 발을 있는 힘껏 바닥에 찰싹 붙이고 버티며 몸을 뒤로 젖힌 채 계속 줄을 잡아당겼다. 배가 천천히 북서쪽으로 움직이기 시작했다.

계속되는 고기의 움직임을 따라 노인의 배도 천천히 잔잔한 바다 위로 나아갔다. 다른 미끼들은 여전히 물속에 있었지만 전혀 아무런 반응이 없었다.

"그 아이가 함께 있었어야 하는 건데."

노인은 큰 소리로 외쳤다.

"고기가 끌고 가는 대로 그저 말뚝처럼 질질 끌려가는 신세라니! 줄을 배에 단단히 묶어놓을 수는 있지만 녀석이 워낙 힘이 좋으니 분명 줄이 끊어지고 말 거야. 어떻게 해서든 줄을 계속 붙잡고 있다가 녀석이 잡아당기면 줄을 더 풀어줘야겠다. 어쨌든 계속 좌우로만 움직이고 더 깊이 내려가지 않는 것만으로도 다행이지."

그런데 녀석이 더 깊이 내려가려고 마음먹으면 어떡하지? 혹시 깊은 바다로 내려가서 죽어버리기라도 하면 골치 아프잖아? 하지만 뭔가 수가 있겠지. 방법은 얼마든지 있으니까.

노인은 줄을 등에 멘 채 버티면서 물속으로 비스듬히 내려진 낚싯줄과 배가 꾸준히 북서쪽으로 나아가는 것을 잠자코 지켜보았다.

이대로 계속 가면 고기는 죽을 거야. 노인은 생각했다. 저놈이 언제까지 이렇게 도망칠 수는 없겠지. 하지만 벌써 네 시간이 지났는데도 고기는 배를 끌고 줄기차게 바다 한가운데로 나아가고 있었다. 노인도 여전히 낚싯줄을 등에 멘 채 꿋꿋이 버티고 있었다.

"저놈이 낚시에 걸린 게 정오 무렵이었는데 아직도 어떻게 생긴 놈인지 구경도 못했으니."

노인은 말했다.

노인은 고기가 낚시를 물기 전부터 밀짚모자를 깊숙이 눌러 쓰고 있었는데, 이마가 모자에 눌려 몹시 아팠다. 게다가 목도 말랐다. 노인은 무릎을 꿇고 낚싯줄을 건드리지 않으려고 조심조심 뱃머리로 기어가서 한 손으로 물병을 집어 들었다. 그리고 마개를 열어 물을 한 모금 마신 뒤 뱃머리에 등을 기댔다. 노인은 돛대와 돛에 엉덩이를 걸치고 앉아 쉬면서 아무 생각 않고 오로지 어떻게든 버티리라 마음먹었다.

뒤를 돌아보니 육지는 이미 보이지 않았다. 아무 상관 없어. 노인은 생각했다. 아바나 항의 불빛만 있으면 언제든 돌아갈 수 있으니까. 해가 지려면 아직도 두어 시간은 남았고, 그 사이에 녀석이 위로 올라올지도 모르잖아. 뭐, 그때까지 안 올라온다면 달이 뜨면 올라오겠지. 또 달이 떠도 안 올라온다면 내일 아침 해 뜰 때까지는 올라올 테고. 나야 아직 손도 저리지 않고 기운도 팔팔해. 어쨌든 낚싯바늘을 물고 있는 쪽은 녀석이 아닌가. 그래도 그렇지, 어쩜 이리도 무섭게 끌어당기는 거지? 필시 철사 줄을 입으로 꽉 물고 있을 거야. 한번 보았으면 좋겠는데. 어떻게 생긴 놈을 내가 상대하고 있는지 한 번만이라도 보았으면 좋겠어.

노인은 별자리를 보고, 물고기가 밤새 진로나 방향을 바꾸지 않았다는 것을 알았다. 해가 지면서 기온이 떨어지자 땀으로 범벅이 된 등이며 팔, 다리가 선뜩거렸다. 낮 동안에 노인은 미끼통을 덮었던 부대를 벗겨 햇볕에 말려두었었다. 해가 지자 노인은 그 부대를 등에 두른 다음, 어깨를 짓누르는 낚싯줄 밑으로 조심스럽게 빼내어 목에 묶었다. 부대를 낚싯줄 밑에 쿠션처럼 대고 뱃머리에 적당한 자리를 찾아 기대니 그렇게 편할 수가 없었다. 아까보다는 조금 더 견디기가 쉬웠을 뿐인데 살 것 같았다.

내가 녀석을 어떻게 할 수 없는 것은 사실이지만 녀석 또한 나를 어떻게 할 수 없기는 마찬가지야, 라고 노인은 생각했다. 언제까지 계속 버티고 있지만은 않겠지.

노인은 자리에서 일어나 뱃전 너머로 소변을 보았다. 그러고는 별을 올려다보면서 배가 어디쯤 있는지 가늠해보았다. 어깨 너머 물속으로 똑바로 드리워진 줄이 마치 인광 무늬처럼 보였다. 배는 점점 속도가 느려지고 있었다. 아바나 항의 불빛이 흐릿한 것으로 보아 배는 틀림없이 해류에 밀려 동쪽으로 흘러가고 있는 듯했다. 만일 아바나 항의 불빛이 완전히 보이지 않게 된다면 우리는 분명히 계속 동쪽으로 가고 있는 거야. 노인은 생각했다. 하지만 녀석이 제 코스를 유지하기만 한다면 불빛이 몇 시간은 더 보이겠지. 오늘 야구 경기는 어떻게 되었을지 궁금하군. 노인은 생각했다. 배에 라디오가 있었으면 좋을 텐데! 그러나 이내 노인은 지금은 오직 하나만 생각하자고 다짐했다. 지금 하는 일에만 집중하자. 쓸데없는 생각은 집어치우자고!

그러다가 노인은 갑자기 소리를 질렀다.

"그 아이가 있었어야 하는데. 나를 도와주면서 이런 것도 구경하고 얼마나 좋아."

사람은 나이를 먹을수록 혼자 있어서는 안 돼. 노인은 생각했다. 하지만 어쩔 수 없지, 뭐. 힘을 내려면 다랑어가 상하기 전에 먹어둬야겠다. 아무리 먹기 싫어도 아침은 꼭 먹어야지. 잊지 마! 노인은 스스로 다짐하듯이 중얼거렸다.

밤사이에 돌고래 두 마리가 배 가까이에 나타나 풍덩거리며 물을 내뿜는 소리가 들렸다. 노인은 수놈이 시끄럽게 물을 내뿜는 소리와 암놈이 한숨 쉬듯 뿜는 소리를 구별해낼 줄 알았다.

"귀여운 놈들이야."

노인은 말했다.

"함께 어울려 장난치고 서로 사랑하는 것을 보면 꼭 우리 형제 같아. 날치처럼 말이야."

이런 생각이 들자 노인은 갑자기 낚시를 물고 있는 큰 고기가 불쌍해졌다. 몇 살이나 먹었는지는 몰라도 참 대단하고 이상한 놈인 것 같아. 노인은 생각했다. 이렇게 힘센 놈도 처음이거니와 별나게 구는 놈도 생전 처음이야. 날뛰지 않는 것을 보면 영리한 놈일 거야. 만약 녀석이 날뛰거나 마구 달아나기라도 하면 낭패야. 어쩌면 전에도 여러 번 낚시에 걸려보아서 이렇게 싸우는 것이 최선이라는 것을 아는지도 몰라. 사실 녀석은 제 상대가 오직 한 사람뿐이라는 것도, 그 한 사람이 노인이라는 것도 모를 거야. 어쨌든 대단한 고기야. 고기 맛이 좋다면 시장에서 큰돈을 받을 수 있을 거야. 미끼를 무는 과정이나 줄을 끌어당기는 힘을 보면 수놈이 분명해. 겁이라고는 전혀 찾아볼 수 없잖아. 혹시 이놈에게 딴 속셈이 있는 것 아니야? 아니면 나처럼 죽기 살기로 덤비는 건가?

노인은 언젠가 청새치 한 쌍 중 한 마리를 낚아 올리던 때를 떠올렸다. 물고기는 먹이를 보면 수놈이 언제나 암놈에게 먼저 먹도록 한다. 그래서 그때도 미끼를 먼저 문 것은 암놈이었다. 낚싯바늘에 걸린 암놈은 갑작스런 고통에 당황한 듯 몸부림치면서 필사적으로 저항을 하다 마침내 기진맥진해졌다. 암놈이 이렇게 절망적으로 몸부림치는 동안, 수놈은 절대로 자리를 뜨지 않고 암놈 주위를 오가면서 낚싯줄 위를 넘나들기도 하고 암놈과 함께 수면을 맴돌았다. 수놈이 바짝 붙어 있었기 때문에 노인은 수놈이 큰 낫처럼 날카로운 꼬리로 줄을 끊지나 않을까 조바심을 냈다. 청새치의 꼬리는 큰 낫과 비슷하게 생겼다. 그때 노인은 암놈을 갈고리로 찍은 다음, 가장자리가 까칠까칠하고 창끝처럼 뾰족한 주둥이를 잡고 몽둥이로 정수리를 내리쳤다. 몸 색깔이 거의 거울 뒷면에 칠하는 연단鉛丹 같은 색으로 벌겋게 될 때까지 후려쳤다. 그런 뒤에 소년과 함께 암놈을 배 위로 끌어올렸다. 그때까지도 수놈은 배 주위를 맴돌았다. 노인은 줄에서 암놈을 떼어낸 뒤 작살을 준비했다. 그러자 수놈은 공중 높이 솟구치더니 암놈을 한 번 쳐다보고는 연보랏빛 날개처럼 널따란 연보랏빛 줄무늬가 있는 지느러미를 활짝 펼쳐 보이더니 다시 물속으로 깊이 들어가 버렸다. 참 멋진 놈이었지. 끈질기게도 따라붙더니만. 노인은 회상했다.

고기 잡는 일을 해오면서 그때가 가장 슬펐지. 노인은 생각했다. 그 아이도 역시 슬퍼했고. 그래서 우리는 용서를 빌고는 즉시 배를 갈랐었는데.

"그 아이가 지금 여기 있다면 얼마나 좋을까?"

노인은 큰 소리로 말하고는 다시 둥근 뱃머리 판자에 몸을 기댔다. 그때 어깨에 두르고 있는 낚싯줄에 커다란 고기의 힘이 전해졌다. 고기는 어디로 가고 있는지는 모르지만 자신이 선택한 방향으로 계속해서 움직이고 있었다.

어쨌든 내 손에 걸려든 이상, 녀석도 무슨 수를 써야만 했을 거야, 하고 노인은 생각했다.

녀석의 선택이란 게 올가미나 덫, 반격이 소용없게끔 먼 바다의 깊고 어두운 물속에서 버티자는 것이 아니었을까? 나의 선택은 세상 끝까지라도 쫓아가서 녀석을 잡는 것이고. 녀석과 나의 운명은 정오부터 어차피 한 배를 탄 거야. 그리고 둘 다 도움을 청할 데라곤 아무 데도 없지.

어쩌면 어부가 되지 않는 것이 더 좋았을지도 몰라. 노인은 생각했다. 하지만 이 일은 내 천직인걸. 해가 뜨면 잊지 말고 다랑어를 먹어야지.

날이 밝기 조금 전, 무언가가 노인의 뒤쪽에 있는 줄의 미끼 하나를 물었다. 낚싯대가 부러지는 소리가 나더니 줄이 뱃전 너머로 마구 풀려나가기 시작했다. 노인은 어둠 속에서 고기가 팽팽하게 끌어당기는 줄을 왼쪽 어깨로 단단히 받치고 버티면서, 칼을 집어 들어 풀려나가는 줄을 뱃전에 대고 끊어버렸다. 곧이어 가까이 있던 나머지 줄 하나도 끊고는 어둠 속에서 예비 줄 뭉치의 끝과 끝을 이었다. 노인은 한 손으로도 솜씨 좋게 줄을 다룰 줄 알았지만 단단히 매기 위해 발로 줄을 눌러야 했다. 이제 여섯 벌의 줄 뭉치가 마련된 셈이었다. 끊어버린 미끼에 달려 있던 줄이 각기 두 벌에다, 고기가 물고 있는 낚시에 연결된 두 벌까지 합쳐서 여섯 벌이 모두 연결된 것이었다.

날이 밝으면 뒤에 있는 사십 패덤짜리 줄도 끊어버리고 예비 낚싯줄에 연결해야겠어. 노인은 생각했다. 그렇게 되면 품질 좋은 카탈루냐산 낚싯줄 이백 패덤짜리와 낚시, 낚시목줄을 잃게 되는 셈이다. 이까짓 것쯤이야 다시 구할 수 있지만 다른 고기를 잡으려다가 이 고기를 놓칠 수는 없어. 언제 다시 이런 기회를 잡는단 말인가. 지금 미끼를 건드린 것이 어떤 고기인지는 몰라. 아마 청새치나 황새치, 아니면 상어일 수도 있을 거야. 어쨌든 다급하게 줄을 끊느라 손맛도 미처 느껴보지 못했어.

"그 애가 있으면 얼마나 좋아!"

노인은 큰 소리로 말했다.

하지만 그 아이는 여기 없잖아. 노인은 생각했다. 넌 지금 혼자라고. 어둡든 어둡지 않든 이제 남아 있는 마지막 낚싯줄도 끊고, 거기에 달린 두 개의 예비 줄도 이쪽에 매어야 해.

노인은 당장 실행에 옮겼다. 어둠 속에서 줄을 연결한다는 것이 쉬운 일은 아니었다. 갑자기 고기가 펄쩍 꿈틀거리는 바람에 노인은 앞으로 얼굴을 박으며 쓰러지고 말았다. 눈 밑이 찢어져 피가 뺨을 타고 조금 흘렀다. 하지만 피는 이내 굳어져 턱까지 내려오지도 않았다. 노인은 뱃머리 쪽으로 기어가 판자에 몸을 기대고 쉬었다. 그리고 어깨에 두르고 있던 부대를 움직여서 줄이 닿지 않았던 쪽으로 옮겼다. 노인은 어깨로 줄을 받친 채, 조심스럽게 손으로 고기의 힘을 느껴보고는 손을 물속에 담가서 배의 속도를 가늠해보았다.

녀석이 왜 꿈틀댔을까? 노인은 생각했다. 어쩌면 낚시에 달린 철사 목줄이 산더미 같은 저놈의 등을 스쳤는지도 모르지. 아무렴 저놈 등이 내 등만큼 아프기야 하겠는가. 어쨌든 제아무리 크다 해도 이 배를 언제까지나 끌고 다닐 수는 없겠지. 이제 방해가 될 만한 것은 다 치워버렸고 예비 줄도 충분하다. 더이상 무엇을 바라겠는가.

"이놈아!"

노인은 부드럽지만 큰 소리로 말했다.

"나는 죽을 때까지 너를 놓아주지 않을 작정이다."

녀석도 나를 놓아주지 않을 거야, 라고 생각하며 노인은 날이 밝기를 기다렸다. 해 뜨기 전이라 날이 추웠기 때문에 노인은 뻣뻣해진 몸을 뱃전에 대고 문질렀다. 저놈이 버티는 한 나도 버틸 수 있어. 노인은 생각했다. 이윽고 해가 조금씩 모습을 드러내기 시작했다. 노인은 줄이 물속으로 풀려나가는 모습을 지켜보았다. 배는 꾸준히 움직였고, 수평선에서 얼굴을 내민 해는 어느덧 노인의 오른쪽 어깨 위에 떠 있었다.

"녀석이 북쪽으로 가는군."

노인은 중얼거렸다.

하지만 해류 때문에 동쪽으로 멀리 갈 수도 있어. 노인은 생각했다. 녀석이 해류를 따라 움직였으면 좋으련만 그것은 바로 녀석이 지쳤다는 신호일 거야.

해가 더 높이 떠올랐다. 노인은 고기가 조금도 지치지 않았다는 것을 깨달았다. 한 가지 반가운 조짐은 있었다. 물속에 드리워진 줄의 각도를 보니, 고기가 조금 위로 올라와서 헤엄치고 있다는 점이었다. 그렇다고 고기가 반드시 곧 위로 떠오른다는 뜻은 아니었다. 하지만 그럴 가능성은 있었다.

"하느님, 제발 저놈이 위로 올라오게 해주소서!"

노인은 말했다.

"녀석을 다룰 낚싯줄은 충분하답니다."

줄을 좀 더 세게 잡아당기면 녀석이 아파서 위로 올라올지도 몰라. 노인은 생각했다. 날이 밝았으니 녀석을 위로 올라오게 해서 등뼈를 따라 난 부레에 공기를 집어넣게 하면 깊은 곳으로 내려가 죽는 일은 없을 거야.

노인은 낚싯줄을 더욱 힘껏 당겨보았다. 그러나 애초에 고기가 낚시를 물었을 때부터 줄이 곧 끊어질 것처럼 몹시 팽팽했다. 노인은 줄을 당기려고 몸을 젖혔을 때 거친 반동을 느꼈고 줄을 더 이상 잡아당길 수 없음을 깨달았다. 급하게 홱 잡아당겨서도 안 되지. 노인은 생각했다. 갑자기 잡아당기면 그때마다 낚시가 살을 파고든 부위가 넓어져서 고기가 솟아오를 때 낚시가 벗겨질는지도 모르는 일이야. 어쨌든 해가 떠오르니 한결 낫구나. 더구나 배가 북쪽으로 가고 있어서 해를 정면으로 바라보지 않아도 되니까.

낚싯줄에는 누런 해초가 달라붙어 있었다. 노인은 그것이 오히려 고기를 더 힘들게 하리라는 생각에 마음이 놓였다. 어젯밤에 여기저기서 인광을 뿜어대던 것이 바로 모자반류의 누런 해초였던 모양이다.

"이놈아!"

노인이 입을 열었다.

"나는 네가 무척 마음에 들고 존경스럽구나. 하지만 오늘이 가기 전에 널 반드시 죽일 테다."

노인은 꼭 그렇게 되기를 바랐다.

조그만 새 한 마리가 북쪽에서 배를 향해 날아왔다. 휘파람새였다. 새는 수면 위를 낮게 날고 있었는데, 노인이 보기에도 새는 몹시 지쳐 있는 듯했다.

새는 조각배의 뒤쪽에 앉아서 쉬었다. 새는 다시 노인의 머리 위를 맴돌더니 더 편하다고 생각하는 줄 위로 가서 앉았다.

"너 몇 살이야?"

노인이 새에게 물었다.

"처음으로 바다에 나온 게냐?"

말을 걸자 새가 노인을 바라보았다. 새는 너무도 지쳐서 줄이 안전한지 살펴보지도 않았다. 새는 가냘픈 발로 줄을 꽉 잡은 채 흔들거리고 있었다.

"줄은 튼튼하단다."

노인이 새에게 말했다.

"아주 튼튼하지. 간밤에 바람 한 점 없었는데 그렇게 힘들단 말이냐. 새는 무엇 때문에 이렇게 먼 바다까지 날아오는 것일까?"

이러다 사냥을 하러 바다로 나온 매를 만날지도 몰라. 노인은 생각했다. 하지만 노인은 그 생각을 새에게 말하지는 않았다. 어차피 새가 알아듣지도 못할 뿐더러 이제 곧 매라는 동물이 어떤 놈인지 알게 되겠거니 생각했다.

"맘껏 쉬려무나, 작은 새야."

노인은 말했다.

"쉬었다가 네 길을 찾아가거라. 사람이나 다른 새나 고기처럼 하늘에 네 운을 맡겨야지 별수 있니?"

말을 하고 나자 밤새 뻣뻣하게 굳어 욱신거리던 등이 조금은 풀리는 느낌이 들었다.

"마음에 들면 내 집에서 살든지."

노인은 말했다.

"돛을 달고 불어오는 순풍을 받아 너를 육지로 데려다 줘야 하는데 미안하구나, 지금은 그렇게 할 수가 없으니. 어쨌든 이제 친구가 하나 생겼구나."

그때 고기가 갑자기 줄을 확 당기는 바람에 노인은 뱃머리 쪽으로 넘어졌다. 몸에 중심을 잡고 줄을 풀어주었기에 망정이지 하마터면 물속으로 끌려들어 갈 뻔했다.

줄이 요동을 치면서 새가 날아올랐지만 노인은 새가 가는 것도 미처 보지 못했다. 노인은 오른손으로 줄을 조심스럽게 잡고 느껴보았다. 그리고 손에서 피가 흐르는 것을 알아차렸다.

"아무래도 녀석이 어딜 다친 모양인데."

노인은 중얼거리며 혹시 고기의 방향을 바꾸게 할 수 있는지 알아보려고 줄을 당겨보았다. 팽팽한 줄은 금방이라도 끊어질 것 같았다. 노인은 줄을 꼭 움켜잡은 채로 주저앉고 말았다.

"이 녀석아, 이젠 너도 내가 당기는 힘이 느껴지지?"

노인은 말했다.

"실은 나도 그래."

노인은 길동무로 삼으려 했던 새를 찾아 주위를 두리번거렸지만, 새는 아주 가버렸는지 보이지 않았다.

얼마 쉬지도 못했는데, 하고 노인은 생각했다. 육지까지 가려면 아직도 숱한 고비를 넘겨야 할 게야. 그런데 어쩌자고 고기가 한 번 꿈틀했다고 바보처럼 넘어진단 말이냐. 이제는 내가 멍청해진 게로군. 아니면 그 작은 새에게 정신이 팔려 그랬는지도 몰라. 이제부터는 내 일에만 신경을 집중해야지. 그리고 힘이 다 빠지기 전에 꼭 다랑어를 먹어두어야 해.

"그 아이가 있었다면 얼마나 좋아, 소금도 있어야 하고."

노인은 큰 소리로 말했다.

줄에 배긴 어깨가 아프자 노인은 왼쪽 어깨로 줄을 바꾸어 메고 무릎을 꿇은 다음, 조심스럽게 손을 바닷물에 씻었다. 그리고 손을 그대로 물속에 담근 채 핏물이 길게 물속으로 퍼지는 모습과 배가 움직일 때 손에 부딪치는 물살을 지켜보았다.

"이 녀석, 속도가 떨어졌는걸."

노인은 말했다.

노인은 좀 더 손을 소금물에 담그고 있고 싶었지만 고기가 언제 또 꿈틀거릴지 몰라 자리에서 일어났다. 그러고는 발로 중심을 잡고 손을 높이 들어 햇볕에 말렸다. 살갗이 조금 벗겨졌을 뿐, 상처는 대단치 않았다. 그러나 하필이면 작업을 할 때 가장 중요한 부분이었다. 어쨌든 물고기를 잡아 올리기 전까지는 손을 계속 써야 했기 때문에 일을 시작하기도 전에 손을 다치고 싶지는 않았다.

"이제 다랑어 새끼를 먹어볼까?"

손에 물기가 다 마르자 노인은 중얼거렸다.

"갈고리로 끌어다가 편하게 먹어야지."

노인은 무릎을 꿇은 채 갈고리로 배 뒤쪽에 있는 다랑어를 더듬어 찾고는, 낚싯줄에 걸리지 않게 조심하면서 끌어당겼다. 그리고 왼쪽 어깨로 다시 줄을 메면서 왼손과 왼팔로 버티고는 다랑어를 갈고리에서 벗겨낸 다음, 갈고리는 다시 제자리에 밀어두었다. 노인은 한쪽 무릎으로 다랑어를 누른 뒤 머리에서 꼬리까지 세로로 다랑어를 갈라 검붉은 살점을 떼어냈다. 등뼈 가까이 칼을 대고 뱃살이 있는 데까지 쐐기 모양으로 여섯 조각을 도려냈다. 그러고는 뱃머리 판자 위에 고기 조각을 내려놓고, 칼을 바지에 닦은 후 남은 것은 꼬리를 잡고 뱃전 너머로 집어던졌다.

"한 조각을 전부 못 먹을 것 같은데."

노인은 이렇게 말하고는 다시 칼로 고기 조각을 두 토막으로 잘랐다. 그러는 동안에도 줄을 팽팽하게 당기는 느낌은 여전했다. 왼손에 쥐가 나서 감각이 없었다. 무거운 줄을 힘껏 쥐고 있어서 그런지 손이 오그라든 채 펴지지가 않았다. 노인은 불만스러운 표정으로 왼손을 바라보았다.

"무슨 놈의 손이 이래!"

노인은 말했다.

"쥐가 날 테면 나라지. 어디 매 발톱처럼 계속 그렇게 있어봐라, 그래 봤자 좋을 거 하나 없을 테니."

제발 그만 좀 펴져라. 노인은 물속에 드리워진 줄의 각도를 보면서 속으로 외쳤다. 손이 말을 듣게 하려면 지금 다랑어를 먹어야 한다. 손이 무슨 죄가 있어? 그렇게 긴 시간 고기와 싸웠으니 당연한 거지. 하지만 언제까지고 버틸 수 있어. 이제 다랑어를 먹자.

노인은 고기를 한 토막 집어서 입에 넣고 천천히 씹었다. 맛이 아주 없는 것도 아니었다.

그래 꼭꼭 씹어 먹어야지. 노인은 생각했다. 살 속의 즙까지 남김없이 섭취하는 거야. 라임이나 레몬하고 같이 먹으면 한결 낫겠는걸. 아니면 소금이라도.

"손아, 좀 어떠냐?"

노인은 거의 죽은 사람의 것처럼 뻣뻣해진 왼손을 보며 물었다.

"너를 생각해서라도 좀 더 먹어야겠구나."

노인은 두 토막으로 자른 것 중 나머지 하나를 마저 먹었다. 조심스럽게 씹으면서 껍질은 뱉어냈다.

"손아, 이제 좀 어때? 아직도 기별이 없니?"

노인은 이어서 다른 고기 조각을 집어 들고 통째로 씹었다.

살이 단단하고 핏물도 많은 고기야. 노인은 생각했다. 만새기가 아니라 다랑어가 걸린 게 다행이지. 만새기는 너무 달거든. 그런데 이 고기는 전혀 달지도 않고 육질도 단단한걸.

어쨌든 실속이 있으면 그만이야. 노인은 생각했다. 소금이 조금 있으면 좋겠는데. 아무래도 남은 고기가 햇빛에 상하거나 말라버리겠는걸. 그러니 배가 고프지 않더라도 남은 걸 다 먹어치우는 게 좋겠어. 낚시를 문 녀석은 여전히 *끄떡*도 안 하는데, 일단 먹어두고 힘쓸 준비를 해야지.

"손아, 조금만 더 참으렴."

노인은 말했다.

"다 너를 위해 먹어두는 거니까."

물고기에게도 뭔가 먹일 수 있다면 좋을 텐데. 노인은 생각했다. 저놈은 내 형제나 다름없어. 비록 죽일 수밖에 없지만 그러려면 힘이 필요하지. 노인은 천천히 공을 들여 쐐기 모양으로 썬 다랑어 고기를 전부 먹어치웠다.

노인은 손을 바지에 문질러 닦으면서 허리를 쭉 폈다.

"자, 손아."

노인은 말했다.

"이제 줄을 놓아도 돼. 오른팔만 사용할 테니 바보 같은 짓은 그만두고 펴지렴."

노인은 왼손으로 잡고 있던 무거운 줄을 왼발로 밟고는 등을 기대고 누웠다.

"하느님, 제발 쥐가 풀리게 해주세요. 고기란 놈이 무슨 짓을 할지 모르잖아요."

노인은 말했다.

하지만 고기는 *끄떡*도 하지 않아. 노인은 생각했다. 뭔가 제

계획대로 밀고 나가려는 모양이야. 그는 생각했다. 녀석의 계획이란 게 대체 뭘까? 또 내 계획은 무엇이고? 계획이라고 해봤자 워낙 큰 놈이니 녀석이 하는 걸 봐서 행동하는 것밖에 더 있어? 저놈이 뛰어 올라오기만 하면 죽일 수 있을 텐데. 계속 저러고 밑에서 버티고 있으니 나도 한없이 이렇게 놈과 버틸 수밖에.

노인은 쥐가 난 손을 바지에 대고 문지르며 손가락을 비벼보았다. 그래도 왼손은 펴지지 않았다. 햇볕을 쬐면 펴지려나? 노인은 생각했다. 아니면 싱싱한 다랑어가 소화될 때까지 기다리는 건가? 왼손이 필요하다면 무슨 수를 써서라도 꼭 펴지게 하고 말 거야. 그렇다고 억지로 펴고 싶지는 않아. 저절로 펴져서 본래의 상태로 돌아가게 하자. 그 많은 줄을 밤새 풀고 잇고 했으니 쥐가 나는 것도 무리가 아니지.

노인은 바다를 둘러보고 자신이 완전히 외톨이가 되었다는 것을 알았다. 하지만 노인은 깊고 어두운 바닷속에 만들어진 프리즘과 눈앞에 드리워진 낚싯줄, 그리고 잔잔한 바다의 이상한 파동도 볼 수 있었다. 무역풍 때문에 구름이 뭉게뭉게 피어올랐다. 바다 위 하늘 저 멀리 청둥오리 떼가 나는 모습이 보였다. 청둥오리 떼의 모습은 진해졌다 흐려졌다 하곤 했다. 어쨌든 노인은 바다에서는 누구나 외톨이가 아님을 알았다.

몇몇 사람들은 작은 배를 타고 육지가 보이지 않는 먼 바다로 나가는 걸 두려워한다는 것을 노인은 생각했다. 사실 갑자기 날씨가 나빠지는 계절에는 겁을 내는 것이 당연했다. 지금은 태풍이 부는 계절이지만 태풍만 없다면 일 년 중 고기잡이하기에는 더할 나위 없이 좋은 때다.

바다에서는 태풍이 올 때면 며칠 전부터 하늘에 조짐이 보인다. 육지에서는 무엇을 보아야 하는지 모르기 때문에 이런 조짐을 살필 수가 없어. 노인은 생각했다. 육지에서도 물론 구름의 모양을 보고 날씨의 변화를 느낄 수는 있지. 어쨌든 지금은 태풍이 몰려올 기미가 보이지 않아.

노인은 하늘을 올려다보았다. 하얀 뭉게구름이 마치 탐스런 아이스크림 모양으로 정답게 피어오르고, 그 위에는 새털구름이 엷은 깃털을 뿌린 듯 9월의 드높은 하늘에 퍼져 있었다.

"미풍이 부는군."

노인은 말했다.

"이 녀석아, 너보다는 나에게 유리한 날씨야."

왼손은 아직도 감각이 없었지만 노인은 서두르지 않고 천천히 손가락을 주물렀다.

쥐가 나는 건 무엇보다 질색이야. 노인은 생각했다. 그것은 자신의 몸이 반란을 일으키는 것이나 마찬가지야. 식중독에 걸려 다른 사람들 앞에서 설사를 하거나 토하는 것은 정말 수치스런 일이지. 그런데 쥐가 나는 건―노인은 쥐가 나는 것을

'칼람브레'*라고 생각했는데 ─ 무엇보다 혼자 있을 때 스스로에게 수치스런 일이야.

ㄱ 아이가 있디면 마사지도 해주고 내 팔뚝을 부드럽게 풀어줄 텐데. 노인은 생각했다. 어쨌거나 조금 지나면 풀리겠지.

물속에 드리워진 줄의 각도를 살피던 노인은 낚싯줄을 잡고 있는 오른손을 당기는 힘에 변화가 생긴 걸 알아차렸다. 노인은 얼른 왼손으로 허벅지를 철썩 때리고는 몸을 뒤로 젖혀 줄을 당겼다. 그는 줄이 천천히 올라오고 있는 것을 보았다.

"드디어 올라오는군."

노인은 소리쳤다.

"손아, 제발 좀 풀려라!"

줄은 느리지만 꾸준히 올라왔다. 그러고는 배 앞쪽의 수면이 부풀어 오르면서 고기가 보였다. 고기는 한참을 올라왔고 이어 등 양쪽으로 물이 쏟아져 내렸다. 햇빛에 번쩍이는 고기의 머리와 등은 짙은 자주색을 띠었고 양옆으로 연보랏빛 줄무늬가 넓게 퍼져 있었다. 야구방망이 정도의 길이에 창끝처럼 뾰족한 주둥이가 보였다. 고기는 물 밖으로 몸 전체를 드러낸 다음, 마치 잠수부처럼 다시 슬며시 물속으로 들어가 버렸다. 노인은 큰 낫처럼 생긴 꼬리가 물속으로 들어가면서 동시에 줄이 빠른

---

* calambre. 스페인어로 '쥐가 난다'는 뜻.(옮긴이)

속도로 풀려나가는 것을 보았다.

"이 배보다 이 피트는 더 길겠는데."

노인은 말했다.

줄은 빠른 속도로 꾸준히 풀려나갔으며 고기는 전혀 겁을 먹은 모습이 아니었다. 노인은 두 손으로 줄을 잡고 끊어지지 않을 만큼 당겨보려고 했다. 적당히 힘을 주어 고기의 행동을 제지하지 않으면 고기가 끝까지 줄을 풀고 나가 결국에는 끊어버리리라는 것을 알고 있기 때문이었다.

정말 굉장한 놈이야. 그러니 나도 만만치 않다는 걸 보여줘야 해. 노인은 생각했다. 녀석이 스스로 제 힘이 대단하다는 걸 알게 해서는 안 돼. 설마 이렇게 계속해서 줄을 끌고 다니면 내가 골탕 먹을 거라고 알고 있는 건 아니겠지. 내가 저 녀석이라면 수단과 방법을 가리지 않고 끝장을 볼 텐데. 하지만 다행히도 녀석들은 비록 사람보다 더 우아하고 힘이 있다고 해도 저희들을 죽이는 우리들만큼 영리하지 못하거든.

노인은 이제까지 큰 고기를 많이 보아왔다. 그중에는 천 파운드가 넘게 나가는 놈도 있었는데, 노인은 평생 그런 큰 고기를 두 번이나 잡았다. 하지만 그때는 혼자가 아니었다. 지금은 혼자 먼 바다에 나와 있고 자신이 보아온 것 중에서 가장 큰, 생전 들어보지도 못한 엄청난 놈을 만난 것이다. 게다가 노인의 왼손은 아직도 쥐가 풀리지 않아 쪼그라든 독수리 발톱처럼 뻣뻣하게 굳어 있었다.

결국에는 풀리게 될 거야. 노인은 생각했다. 분명히 풀려서 오른손을 거들어줄 거야. 내게 형제나 다름없는 것이 바로 고기와 이 두 손이 아닌가. 또 반드시 풀려야만 해. 쥐가 난 손을 어디에 써먹는단 말이냐. 고기가 다시 속도를 줄이고 원래대로 천천히 움직였다.

고기가 아까 왜 뛰어올랐는지 알 수가 없네. 노인은 생각했다. 제 몸집이 얼마나 큰지 나에게 보여주려고 올라온 것일까? 하긴 이제 궁금증이 풀렸잖아. 노인은 생각했다. 내가 어떤 사람인지 녀석에게 보여줘야 하는 건데. 하지만 내 손에 쥐가 났다는 것을 녀석이 알면 안 돼. 내가 보기보다 더 센 사람이라는 것을 알려줘야 해. 또 내겐 충분히 그럴 능력이 있어. 내 의지와 지혜에 맞서 싸우고 있는 저 고기가 되어보는 것도 나쁘지 않겠어, 하고 노인은 생각했다.

노인은 편안한 자세로 뱃전에 기대어 고통을 참으려고 이를 악물었다. 고기는 꾸준히 헤엄치고 있었고 덩달아 배도 짙푸른 바닷물을 헤치며 계속 나아갔다. 동풍이 불어오자 작은 파도가 밀려왔다. 그리고 정오 무렵, 노인의 왼손에 감각이 돌아왔다.

"너한테는 안 좋은 소식이구나, 녀석아."

이렇게 말하면서 노인은 어깨에 받쳐놓은 부대를 짓누르던 줄을 다시 고쳐 메었다.

자세는 그리 불편하지 않았지만 고통은 여전했다. 그래도 노인은 고통을 전혀 인정하려 들지 않았다.

"난 종교가 없지만, 이 고기를 잡을 수만 있다면 주의 기도와 성모송을 열 번이라도 외우겠어. 그리고 이 고기를 잡는다면 코브레 성당으로 순례하러 가는 것도 약속할 수 있지. 암, 약속하고말고."

노인은 기계적으로 기도문을 암송하기 시작했다. 어떨 때는 너무 피곤해서 얼른 다음 말이 생각나지 않았지만 빨리 외다 보면 저절로 술술 나오곤 했다. 주의 기도보다는 성모송이 외기가 더 쉽구나, 하고 노인은 생각했다.

"은총이 가득하신 마리아님, 기뻐하소서. 주님께서 함께 계시니 여인 중에 복되시며 태중의 아들 예수님 또한 복되시나이다. 천주의 성모 마리아님, 이제와 저희 죽을 때에 저희 죄인을 위하여 빌어주소서. 아멘."

이어서 노인은 이렇게 덧붙였다.

"복되신 마리아님, 이 고기의 죽음을 빌어주소서. 훌륭한 고기이기는 하지만요."

이렇게 기도를 하고 나자 기분이 한결 나아졌다. 하지만 고통은 사라지지 않았다. 어쩌면 고통이 조금 더 심해진 것 같아 노인은 뱃전에 기대어 기계적으로 왼손의 손가락을 움직여보기 시작했다.

미풍이 부드럽게 불고 있었지만 햇살은 뜨거웠다.

"짧은 낚싯줄에 미끼를 달아서 배 뒤쪽에 던져놔야겠다."

노인은 말했다.

"만일 녀석이 하룻밤 더 버틸 작정이라면 나도 먹을 것이 필요하니까. 마실 물도 이제는 얼마 없구나. 여기서는 만새기밖에 잡히지 않을 텐데. 하긴 만새기도 싱싱한 놈은 맛이 괜찮지. 오늘 밤 날치라도 배로 뛰어들어오면 좋겠지만 날치를 끌어들일 등불도 없으니. 날치는 날로 먹는 것이 제일이지. 토막을 내둘 필요도 없고 말이야. 이제부터 어떻게 해서라도 힘을 아껴야 해. 그나저나 녀석이 저리 클 줄은 정말 몰랐네."

"그래도 난 녀석을 죽이고 말 거야. 당당하고 늠름한 놈이긴 하지만 말이야."

노인은 이렇게 다짐했다.

물론 고기를 죽이는 게 꼭 옳은 일이라고 할 수는 없어. 노인은 생각했다. 그래도 녀석에게 사람이 무엇이든지 할 수 있고 얼마나 견딜 수 있는지 보여줘야 해!

"그 아이에게 내가 유별난 늙은이라고 말해줬겠다?"

노인은 말했다.

"이제 그것을 증명해 보일 차례야."

물론 노인은 지금까지 천 번도 넘게 그걸 증명했지만 이제는 아무 의미도 없었다. 지금 다시 그것을 증명하려고 했다. 그때마다 늘 처음 시작하는 것처럼 새로웠고, 이전에 했던 일은 결코 머릿속에 담아두지 않았다.

녀석이 잠을 자면 좀 좋아? 나도 눈을 붙일 수 있고 사자 꿈을 꿀 수도 있을 텐데, 하고 노인은 생각했다. 왜 자꾸만 사자 생각이 떠오르는 것일까? 어이, 늙은이! 그만 생각하시지. 노인은 자신에게 말했다. 이제 아무 생각도 하지 말고 뱃전에 기대어 좀 쉬어보자. 녀석은 계속 움직이고 있으니 이럴 땐 쉬어두는 게 좋겠지.

벌써 오후로 접어들고 있었다. 배는 여전히 속도를 유지하며 천천히, 꾸준히 움직였다. 하지만 동쪽에서 불어오는 미풍의 기세가 수그러들면서 노인이 탄 배는 잔잔한 바다를 미끄러져 나아갔고, 낚싯줄이 등줄기를 파고드는 고통도 한결 나아져서 견딜 만했다.

오후 들어 한차례 줄이 다시 올라오기 시작했다. 하지만 고기는 약간 위로 올라왔을 뿐 움직임에는 변화가 없었다. 햇볕은 이제 노인의 왼쪽 팔과 어깨, 등에 내리쬐였다. 그래서 노인은 고기가 북동쪽으로 방향을 바꾸었다는 것을 알았다.

노인은 고기의 모습을 보았기 때문에 이제는 보랏빛 가슴지느러미를 날개처럼 활짝 펼치고 커다란 꼬리를 빳빳이 세운 채 어두운 바다를 가르고 헤엄쳐가는 고기를 머릿속에 그릴 수가 있었다. 녀석은 캄캄한 바닷속에서 얼마나 내다볼 수 있을까?

노인은 생각했다. 그보다 작은 눈을 가진 말도 어둠 속에서 잘 보는데, 너석의 눈은 임청 크지 않던가. 나도 한때는 밤눈이 밝았지. 아주 캄캄할 때는 몰라도 어쨌든 고양이만큼이나 밤눈이 밝았는데.

계속 햇볕을 쬐고 꾸준히 움직여서 그런지 왼손은 이제 완전히 풀렸다. 그래서 노인은 왼손에 좀 더 힘을 옮겨 싣고, 등의 근육을 움직여서 줄의 위치를 옮겨 고통을 조금이라도 줄여보려고 했다.

"네가 아직도 지치지 않았다면, 넌 정말 이상한 놈이다."

노인은 큰 소리로 말했다.

노인은 몹시 지쳐 있었고, 곧 밤이 되리라는 것을 알았기 때문에 다른 생각을 해보려고 노력했다. 메이저 리그를 떠올렸다. 물론 노인에게는 '그란 리가스Gran Ligas'라는 스페인어가 더 익숙했지만. 그는 뉴욕 양키스와 디트로이트 타이거스의 경기가 벌어지고 있을 것임을 알았다.

이틀째 되는데도 경기 결과를 모르고 있다니, 원! 노인은 생각했다. 어쨌든 확신을 가져야 해. 발뒤꿈치 뼈에 이상이 있는데도 경기를 완벽하게 치러낸 위대한 디마지오처럼 나도 내 가치를 보여야 한다고. 발뒤꿈치 뼈가 아픈 것을 뭐라고 하더라? 노인은 자신에게 물었다. 맞아. 운 에스푸엘라 데 우에소un espuela de hueso. 우리야 그럴 일이 없지. 마치 쌈닭이 뒤꿈치를 쪼아댄 것만큼 아플까? 나 같아도 그런 건 못 견딜 게다. 또 한쪽 눈이 빠지고 심지어 양쪽 눈을 다 잃고도 싸움을 계속하는 쌈닭처럼은 못할 거야. 사람을 굉장한 새나 짐승에 비할 수는 없지. 차라리 컴컴한 바닷속에서 버티고 있는 저 짐승이 되고 싶구나.

"상어가 나타나지 말아야 하는데."

노인은 큰 소리로 말했다.

"만약 상어가 온다면 저놈이나 나나 끝장이야."

위대한 디마지오는 지금 내가 버티고 있는 것처럼 고기와 그렇게 오래 버틸 수 있을까? 노인은 생각해보았다. 충분히 버틸 거야. 디마지오야 젊고 힘이 있으니 나보다 더 잘 버티겠지. 게다가 그의 아버지는 어부였어. 그런데도 발뒤꿈치 뼈 부상이 그렇게 아팠을까?

"에이, 모르겠다."

노인은 큰 소리로 말했다.

"나야 발뒤꿈치 뼈 부상을 당해본 적이 없으니."

해가 지자 노인은 자신에게 좀 더 자신감을 주려고 카사블랑카의 술집에서 팔씨름하던 기억을 떠올렸다. 상대는 부두에서 가장 힘이 세다고 소문난 시엔푸에고스 출신의 덩치 큰 흑인이었다. 그들은 꼬박 하룻낮과 하룻밤 동안 분필로 선을 그은 탁자 위에 팔꿈치를 대고 팔뚝을 세운 채 서로의 손을 움켜잡고 팔씨름 시합을 했다. 두 사람 모두 상대의 손을 탁자 위에 쓰러뜨리려고 기를 썼다. 내기에 걸린 돈도 엄청났다. 사람들은 석유등을 켜놓은 방을 드나들며 경기를 지켜보았다. 노인은 흑인의 팔과 손을 쳐다보고 또 얼굴을 들여다보았다. 시합을 시작한 지 여덟 시간이 지나자 심판이 잠을 자야 했기 때문에 그들은 네 시간마다 심판을 바꾸었다. 그와 흑인 두 사람의 손톱 밑에서 피가 흐르는데도, 둘은 서로 노려보며 상대의 손과 팔뚝을 쳐다보았다. 내기꾼들은 계속 방을 들락거리며 벽에 붙여놓은 높은 의자에 앉아 경기를 지켜보았다. 나무로 된 벽에는 하늘색 페인트가 칠해져 있었는데, 등불이 두 선수의 그림자를 벽에 비치게 하고 있었다. 벽에 드리워진 거대한 흑인의 그림자는 바람에 등불이 깜빡일 때마다 덩달아 흔들렸다.

밤이 새도록 승부는 엎치락뒤치락했다. 구경꾼들은 흑인에게 럼주를 먹이고 담뱃불도 붙여주었다. 럼주를 마신 흑인은 갑자기 무서운 힘을 발휘하더니 노인의 손을—당시에는 노인이 아니라 산티아고 선수라 불렸는데—거의 삼 인치 정도 꺾어 눌렀다. 하지만 노인은 죽을힘을 다해 다시 손을 일으켜 세웠다. 그때 노인은 사람 좋고 힘 좋은 그 흑인을 꺾을 수 있다는 자신감이 생겼다. 동이 틀 무렵 내기꾼들이 무승부로 하자고 요구했고, 심판은 고개를 흔들었다. 그때 노인은 있는 힘을 다해 흑인의 손을 조금씩 밑으로 꺾어 누르면서 마침내 나무

탁자 위에 쓰러뜨렸다. 일요일 아침에 시작한 시합이 월요일 아침에야 끝났다. 많은 내기꾼들이 무승부를 요구한 것은 부두에 나가 설탕 부대를 하역하는 작업을 하거나 아바나 석탄회사에 출근하기 위해서였다. 그렇지만 않았다면 이들은 모두 경기를 끝까지 보고 싶어 했을 것이다. 어쨌든 노인은 이들이 일하러 가기 전에 시합을 끝냈다.

이 시합이 있은 뒤로 오랫동안 사람들은 그를 챔피언이라 불렀다. 이듬해 봄에 재경기가 벌어졌는데, 이번에는 내기에 건 돈도 별로 많지 않았다. 노인은 첫 시합에서 시엔푸에고스에서 온 그 흑인의 자신감을 꺾어서인지 쉽게 우승을 차지했다. 이후로 노인은 몇 차례 더 시합을 하고는 그만두었다. 마음만 먹으면 누구라도 거뜬히 이길 수 있다는 자신감이 있었지만 고기잡이를 위해서 오른손을 보호해야 한다고 생각했기 때문이다. 노인은 왼손으로 몇 차례 연습 시합을 해보기도 했다. 하지만 왼손은 언제나 생각처럼 말을 듣지 않아서 왼손을 믿지 않게 되었다.

햇볕을 충분히 쪼였으니 왼손도 곧 나아지겠지, 하고 노인은 생각했다. 밤에 날씨가 추워지지만 않으면 다시 쥐가 나는 일은 없을 거야. 오늘 밤엔 또 어떤 일이 일어날지 궁금하군.

머리 위에서 비행기 한 대가 마이애미 쪽으로 날아갔다. 노인은 비행기 그림자에 놀란 날치 떼가 날아오르는 모습을 지켜보았다.

"날치가 저렇게 많은 것을 보면 분명 만새기가 있다는 건데."

노인은 중얼거리면서 고기가 물고 있는 줄을 조금이라도 당길 수 있는지 알아보려고 몸을 뒤로 젖혔다. 하지만 줄은 꼼짝도 하지 않았고 금방이라도 끊어질 듯 팽팽해진 줄에서는 물방울이 튀겼다. 배는 느릿느릿 나아갔다. 노인은 비행기가 보이지 않을 때까지 하늘을 올려다보았다.

비행기 안에서는 모든 것이 분명 이상해 보일 거야, 하고 노인은 생각했다. 높은 데서는 바다가 어떻게 보일지 궁금하단 말이야. 그리 높게 날지 않는다면 분명히 고기가 잘 보일 텐데. 한 이백 패덤 정도 높이에서 아주 천천히 낮게 날면서 고기를 보고 싶어. 거북잡이 배를 탈 때 돛대 꼭대기의 가름대에서 보면 그 높이에서도 고기가 잘 보였거든. 거기서 보면 만새기는 더 진한 녹색으로 보이고 줄무늬나 보랏빛 반점까지도 다 보였지. 떼를 지어 헤엄치는 모든 만새기가 다 보였어. 컴컴한 바닷속에서 빠르게 헤엄치는 고기는 왜 모두 등이 자줏빛이고 무늬나 반점까지 보라색을 띠는 걸까? 만새기야 황금빛이니까 당연히 물속에서는 녹색으로 보이겠지. 하지만 만새기도 정말 배가 고파서 위로 올라올 때는 청새치처럼 양옆으로 보랏빛 무늬가 보였어. 화가 나서 그런 것일까, 아니면 너무 속도가 빨라서 그렇게 보이는 것일까?

날이 어두워지기 직전에 배는 커다란 섬처럼 잔잔한 바다를 떠다니는 모자반류의 해초 더미를 지나갔다. 마치 바다가 누런 담요를 두르고 무언가와 사랑을 나누는 듯한 모습이었다. 그때 노인의 작은 낚싯줄에 만새기 한 마리가 걸렸다. 물 위로 솟구치는 만새기의 몸이 석양에 황금빛으로 번쩍였다. 만새기는 물 위로 솟구치면서 몸을 마구 뒤틀고 날뛰었다. 겁에 질렸는지 계속 곡예하듯 몸을 뒤틀며 퍼덕거렸다. 노인은 배 뒤쪽으로 엉금엉금 기어가서 오른손과 오른팔로 큰 낚싯줄을 단단히 잡고 왼손으로 줄을 끌어당겼다. 그러고는 잡아당긴 줄을 왼쪽 맨발로 밟아가면서 만새기를 끌어올렸다. 만새기는 배 뒤쪽에서 절망적으로 몸을 뒤척이면서 마구 몸부림을 쳤다. 노인은 배 뒤쪽으로 몸을 숙이고 보랏빛 반점에 황금빛으로 번쩍이는 만새기를 배 안으로 끌어올렸다. 만새기는 낚싯줄을 벗겨 내려는 듯 발작적으로 턱을 벌름거렸다. 또 그 긴 몸뚱이와 꼬리, 머리를 배의 바닥에 쿵쿵 부딪쳤다. 노인이 황금빛으로 번쩍이는 정수리를 몽둥이로 내리치자 만새기는 벌벌 떨다가 이내 잠잠해지고 말았다.

노인은 만새기로부터 낚싯바늘을 빼내고 남아 있는 정어리 미끼를 매달아 다시 줄을 바다에 드리웠다. 그런 다음 천천히 뱃머리로 돌아갔다. 노인은 왼손을 바닷물에 씻은 다음 바지에 썩썩 문질렀다. 이어 오른손으로 힘들여 잡고 있는 무거운 줄을 왼손으로 고쳐 잡고는, 오른손도 바닷물에 씻으면서 바다 너머로 가라앉고 있는 해와 낚싯줄의 각도를 살폈다.

"이놈이 전혀 변화가 없네."

노인은 이렇게 말했지만 손에 부딪치는 물살의 세기로 보아 속도가 많이 줄어든 것을 알 수 있었다.

"노 두 개를 배 뒤쪽에 엇갈리게 매달아야겠다. 그러면 밤에 속도가 더 떨어질 테지."

노인은 말했다.

"녀석이 오늘 밤까지는 끄떡없을 테지만 그건 나도 마찬가지야."

만새기 살에 피가 잘 돌게 하려면 만새기를 조금 있다가 잡는 것이 좋겠어, 하고 노인은 생각했다. 만새기를 잡는 일이나 노를 매다는 일은 조금 있다가 한꺼번에 해치워야지. 지금은 녀석을 얌전히 있도록 하는 게 좋아. 해 질 무렵에 지나치게 자극해서 좋을 것은 없으니까. 어떤 고기든지 해 질 때가 다루기 어려운 법이거든.

노인은 오른손을 바람에 말린 뒤 다시 줄을 잡고, 되도록 편한 자세로 뱃전에 몸을 기대며 물고기가 끄는 대로 내버려두었다. 어쨌든 배를 끌고 가는 고기에게 조금이라도 더 부담을 줄 생각이었다.

이제 좀 요령이 생기는군, 하고 노인은 생각했다. 어쨌든 이런 식으로 하면 될 것 같아. 게다가 녀석은 낚시를 문 이후로 아무것도 먹지 못했다는 걸 알아야 돼. 저렇게 큰 놈이라면 당연히 많이 먹어야 할 거야. 그런데 나는 다랑어 한 마리를 다 먹었어. 또 내일은 만새기도 먹을 것 아닌가. 노인은 만새기를 스페인어로 '도라도dorado'라고 불렀다. 어차피 만새기를 손질하면서 조금 먹어두는 게 낫겠지. 아무래도 다랑어보다는 먹기가 힘들 거야. 하지만 쉬운 일이 어디 있나.

"이 녀석아. 기분이 좀 어떠냐?"

노인은 큰 소리로 물었다.

"나는 힘이 넘친단다. 왼손도 다 나았고 내일까지 먹을 음식도 있어. 그러니 넌 배나 열심히 끌려무나."

노인은 사실 등줄기를 파고드는 낚싯줄 때문에 몸 상태가 좋지 않았다. 이제 등은 고통의 한계를 넘어 통증을 못 느낄 만큼 무감각해졌다. 하지만 나는 이보다 더한 것도 숱하게 견뎌오지 않았던가. 노인은 생각했다. 오른손 상처도 별것 아니고 왼손에 쥐가 난 것도 다 나았다. 또 다리도 끄떡없다. 게다가 식량 문제도 내가 녀석보다 유리하지 않은가.

날이 저물었다. 9월의 바다는 해가 지기가 무섭게 사방이 깜깜해졌다. 노인은 낡은 뱃머리의 뱃전에 누워서 될 수 있는 한 편한 자세를 취했다. 별이 뜨기 시작했다. 노인은 별 이름이 리겔성Rigel星이라는 건 몰랐지만 그 별을 보면서 머지않아 모든 별이 뜨고 여기저기서 친구처럼 낯익은 별들이 뜨리라는 것을 알았다.

"물론 바닷속에 있는 저 녀석도 내 친구지."

노인은 큰 소리로 말했다.

"하지만 저런 녀석은 이제껏 듣도 보도 못했어. 그래도 죽일 수밖에 없어. 별들은 죽이지 않아도 되니 얼마나 다행인가!"

만약에 날마다 달을 죽여야 한다고 상상해봐. 노인은 생각했다. 그럼 달이 도망가겠지. 또 날마다 해를 죽여야 한다면 어떻게 될까? 그렇게 하지 않아도 되니 우리는 정말 행운아야, 하고 노인은 생각했다.

그때 노인은 문득 먹을 것이 하나도 없는 그 큰 고기가 불쌍해졌다. 그렇다고 불쌍하다는 생각 때문에 노인의 결심이 흔들리는 것은 아니었다. 녀석을 잡으면 몇 사람이나 먹을 수 있을까. 노인은 생각해보았다. 하지만 사람들은 저 고기를 먹을 자격이 있을까? 아니지, 당연히 그들에게는 자격이 없어. 저 고기의 기품 있는 행동이나 위엄을 보면 먹을 수 있는 자격을 지닌 사람은 아무도 없다.

어쨌든 그런 건 잘 모르겠어. 노인은 생각했다. 해나 달, 별을 죽이지 않아도 된다는 것만으로도 다행스러운 일이야. 바다에 살면서 우리의 진정한 형제를 죽이는 것만으로도 충분해.

이제 고기가 끄는 배의 항력抗力만 생각하자. 노인은 다짐했다. 물론 여기에도 일장일단이 있어. 고기가 있는 힘을 다해 배를 끌 때, 엇갈리게 매어놓은 노 때문에 항력이 커지고 배가 그만큼 더 무거워진다면 한없이 줄을 풀다가 고기를 놓칠 수도 있어. 반면에 배가 가볍다면 고기나 나나 여전히 고통스러울 거야. 하지만 고기가 전속력으로 질주하는 한 나는 안전하다는 장점이 있어. 무슨 일이 있더라도 만새기가 상하기 전에 배를 가르고 조금이라도 먹고 힘을 내야 해.

앞으로 한 시간만 더 쉬어야지. 배 뒤쪽으로 가서 만새기를 가르기 전에 녀석이 계속 똑같은 속도를 유지하는지 확인한 다음에 결정을 내리도록 하자. 그러다 보면 녀석이 어떻게 나올지, 또 무슨 변화가 있는지 알 수 있겠지. 노를 엇갈리게 매어놓는 것은 썩 괜찮은 방법이긴 하지만 이젠 무엇보다 안전을 먼저 생각해야 할 때야. 녀석은 정말 대단해. 입안에 낚싯바늘을 문 채 입을 꽉 다물고 있는 모습을 분명히 보았어. 물론 그 정도의 고통은 아무것도 아니겠지. 그보다는 녀석이 무척 배가 고플 것이라는 사실, 그리고 녀석으로서는 이해할 수 없는 상황에 맞서야 한다는 것, 이것이 중요한 문제야. 그러니 늙은이, 제발 다음 일이 생길 때까지 저놈에게 맡기고 그만 쉬란 말이야.

노인은 그가 생각하기에 두어 시간 넘게 휴식을 취했다. 날이 저문 지 한참 지났는데도 아직 달이 떠오르지 않아서 시간이 얼마나 됐는지 알 수가 없었다. 사실 편하게 누워 있었다고는 해도 마음 놓고 쉰 것도 아니었다. 고기가 끌어당기는 힘을 줄곧 어깨로 버티고 있었던 것이다. 노인은 뱃머리의 뱃전을 잡고는 고기의 무게를 가능한 한 좀 더 배에 실으려고 애썼다.

낚싯줄을 배에 붙들어 맬 수 있다면 한결 수월할지도 몰라. 노인은 생각했다. 하지만 그렇게 되면 고기가 조금만 꿈틀거려도 줄이 끊어질 거야. 그러니 몸으로 줄을 감당하는 수밖엔 없어. 어느 때라도 두 손으로 줄을 풀어줄 준비가 되어 있어야 하는 거야.

"이봐, 늙은이! 여태껏 한숨도 못 잤잖아."

노인은 자신에게 큰 소리로 말했다.

"꼬박 하루 한나절과 하룻밤이 지나고 다시 한나절이 지나서 또 밤이 깊어가고 있는데도 잠을 못 잔 거라고. 그러니 지금처럼 녀석이 잠잠하게 있는 동안 조금이라도 자둘 생각을 하란 말이다. 계속 잠을 못 자면 머리가 어지러울 거야."

내 정신은 아직 말짱해. 노인은 생각했다. 너무 말짱해. 내 형제 같은 저 별만큼이나 머릿속이 또렷하다. 그래도 좀 자야 해. 별도 자고 달과 해도 자고 바다도 때로는 파도가 일지 않아 물결이 잔잔할 때는 잠을 자잖아.

그러니 잠을 자둬야 해, 하고 노인은 생각했다. 줄을 어떻게 할지 간단하고 확실한 방법을 생각해내고 억지로라도 자야 한다. 이제 뒤쪽으로 가서 만새기를 잡아야지. 하지만 잠을 자는 동안 배의 속도를 늦추려고 노를 매어두는 것은 몹시 위험할 수도 있어.

잠을 자지 않고도 버틸 수 있어, 하고 노인은 스스로 다짐했다. 하지만 그것 역시 위험한 일이었다.

노인은 고기에게 충격을 주지 않도록 조심하며 손과 무릎으로 엉금엉금 기어서 배 뒤쪽으로 갔다. 어쩌면 고기가 졸고 있을지도 몰라. 노인은 생각했다. 하지만 녀석을 쉬게 해선 안 돼. 그놈은 죽을 때까지 배를 끌어야 해.

배 뒤쪽으로 돌아온 노인은 어깨에 멘 줄을 왼손으로 바짝 잡고는 오른손으로 칼을 꺼냈다. 별빛이 한층 밝아져서 만새기의 모습이 또렷하게 보였다. 노인은 만새기의 머리를 칼로 찍어 배 뒤쪽 구석에서 고기를 끌어냈다. 곧이어 한 발로 고기를 누른 다음 항문에서 아래턱까지 빠른 솜씨로 배를 갈랐다. 노인은 칼을 내려놓은 뒤 오른손으로 내장을 깨끗이 발라내고 아가미를 떼어냈다. 손에 잡히는 밥통이 묵직하고 미끈거려서 갈라보니 그 안에 날치 두 마리가 들어 있었다. 날치는 아직도 싱싱하고 살이 단단했다. 노인은 날치를 옆에 나란히 내려놓고는 만새기의 내장과 아가미를 배 뒤쪽의 뱃전 너머로 집어던졌다. 그러자 이것들은 물속에서 인광을 내뿜으며 밑으로 가라앉았다. 만새기는 차가웠고 이제 별빛을 받아 뿌연 비늘 같은 색을 띠고 있었다. 노인은 오른발로 만새기의 머리를 누르며 한

쪽 껍질을 벗겨냈다. 곧이어 고기를 뒤집은 다음에 나머지 한 쪽 껍질도 벗기고는, 칼로 머리에서 꼬리까지 반으로 갈랐다.

노인은 살을 발라내고 남은 뼈를 뱃전 너머로 던지고는 물속에서 소용돌이가 이는지 살폈다. 하지만 뼈가 천천히 가라앉으면서 빛을 낼 뿐 아무런 움직임도 없었다. 노인은 돌아서서 갈라놓은 만새기의 살덩이 사이에 날치 두 마리를 얹고 칼을 다시 칼집에 집어넣은 다음, 뱃머리 쪽으로 천천히 돌아갔다. 오른손에 고기를 든 채, 가로지른 줄을 받치고 있는 그의 등은 꾸부정했다.

뱃머리로 돌아온 노인은 만새기 고기 두 점과 날치를 뱃전 판자에 내려놓았다. 이어서 어깨로 받치고 있는 줄을 고쳐 메고는 뱃전을 잡고 있던 왼손으로 다시 잡았다. 그리고 뱃전 너머로 몸을 숙여 날치를 물에 씻으면서 손에 부딪치는 물살을 느껴보았다. 물속을 가만히 들여다보는데 만새기 껍질을 만진 오른손에 인광이 묻어 있는 게 보였다. 물살은 한층 약해져 있었다. 뱃전 판자에 손을 문지르자 인광 부스러기가 떨어져 나가면서 배 뒤쪽으로 천천히 흘러갔다.

"녀석이 피곤한가? 아니면 쉬고 있는 건가?"

노인은 중얼거렸다.

"이제 만새기 고기를 먹자. 그리고 좀 쉬고 눈이나 붙여야지."

별빛 아래 차가운 밤공기가 가슴을 파고드는 걸 느끼면서 노인은 만새기 고기 두 점 중 하나를 집어 들고 반 토막을 천천히 먹었다. 내장을 발라내고 머리를 떼어낸 날치도 한 마리 먹었다.

"만새기도 제대로 요리하면 정말 맛있는 고긴데."

노인은 말했다.

"날로 먹는 건 정말 끔찍하군. 앞으로는 배 타기 전에 꼭 소금과 라임을 챙겨야겠다."

참, 낮 동안 뱃머리 쪽에 바닷물을 뿌려두었더라면 햇볕에 말라 소금이 되었을 텐데. 노인은 생각했다. 하지만 만새기를 잡은 것은 해 질 녘이 다 되어서가 아닌가. 어쨌든 준비가 부족했어. 그래도 꼭꼭 씹어 먹으니까 비위가 상할 정도는 아니군.

동쪽 하늘에 구름이 깔리면서 정이 든 별들도 하나둘씩 사라지기 시작했다. 그러자 마치 구름의 계곡 한가운데로 뚫고 들어가는 느낌이 들었다. 바람은 불지 않았다.

"사나흘 뒤에는 날씨가 나빠지겠는걸."

노인은 말했다.

"그래도 오늘 밤이나 내일은 아니야, 늙은이. 고기가 얌전히 조용해진 지금 잠 좀 자두라고."

노인은 오른손으로 낚싯줄을 단단히 움켜쥔 다음 허벅지로 오른손을 누르고 온몸의 무게를 배에 실리도록 하면서 뱃머리 판자에 누웠다. 그러고 나서 어깨에 멘 줄을 약간 낮추고 왼손으로 줄을 눌렀다.

오른손은 낚싯줄이 팽팽한 동안에는 줄을 놓지 않을 거야. 노인은 생각했다. 만약 자는 동안에 줄이 느슨해진다면 풀려나가는 동안 왼손이 깨워줄 거야. 오른손이야 힘이 들겠지만 힘든 일이라면 충분히 단련이 되었어. 이삼십 분만 자도 몸이 가뿐해질 거야. 노인은 온몸이 낚싯줄을 누르도록 웅크린 채 몸 전체의 무게를 오른손에 싣고서 잠이 들었다.

노인의 꿈에 사자는 나타나지 않았다. 대신에 팔에서 십 마일 정도로 이어지는 엄청난 돌고래 떼를 꿈에서 보았다. 때마침 짝짓기 때여서 돌고래는 수면 높이 뛰어올랐다가 뛰어오를 때 만든 물속 구멍으로 들어가곤 했다.

노인은 다시 마을로 돌아와서 침대에 누워 자는 꿈을 꾸었다. 북풍이 불어와 날씨는 아주 추웠고 베개 대신 오른팔을 베고 잤기 때문에 오른팔이 저렸다.

곧이어 길게 뻗은 노란 해안선이 보이는 꿈을 꾸기 시작했다. 어둑어둑해지는 해안선으로 사자 몇 마리가 보이더니 나머지 다른 사자들도 보였다. 노인은 해안에서 바다로 부는 지녁 바람을 맞으며 배가 닻을 내리고 있는 동안 뱃머리의 나무판자에 턱을 괸 채 쉬고 있었다. 혹시 더 많은 사자가 보이지 않을까 기대하며 노인은 기분이 흐뭇했다.

달이 뜬 지 한참이 지나도록 노인은 계속 잠을 잤다. 고기가 꾸준히 배를 끌고 가면서 배는 구름의 터널 속으로 들어갔다.

그때 노인은 느닷없이 오른쪽 주먹이 얼굴을 치는 바람에 잠을 깼다. 줄은 오른손 손바닥을 불이 나듯 달구면서 빠르게 빠져나가고 있었다. 왼손은 아무 느낌도 없었지만 오른손으로는 있는 힘껏 줄을 잡았다. 그래도 줄은 맹렬하게 풀려나갔다. 마침내 왼손으로 줄을 잡고 등으로 받치며 줄을 당기자, 등과 왼손이 뜨겁게 달아올랐다. 왼손으로 한껏 버티는 바람에 왼손이 쓰리도록 아팠다. 낚싯줄 뭉치가 있는 뒤쪽을 돌아보니 줄은 순조롭게 풀려나가고 있었다. 바로 그때 고기가 수면을 크게 가르며 솟구쳤다가 다시 첨벙 하고 묵직한 소리를 내며 가라앉았다. 고기는 계속해서 뛰어올랐고 낚싯줄이 계속 풀리고 있는데도 배는 빠르게 움직였다. 노인은 끊어질 정도로 팽팽해질 때까지 줄을 잡아당겼다가 다시 풀어주고 다시 잡아당겼다 놓아주는 동작을 반복했다. 그러다가 갑자기 뱃머리 바닥에 벌렁 넘어지는 바람에 얼굴을 만새기 살점 사이에 처박고 말았다. 그리고 노인은 움직일 수가 없었다.

우리 둘 다 바로 이때를 기다린 것 아니냐. 노인은 생각했다. 어디 한 번 부딪쳐보자.

녀석에게 낚싯줄 값을 물어내게 해야겠어. 노인은 생각했다. 암, 당연히 줄 값을 받아내야지.

고기가 뛰어오르는 모습은 볼 수 없었지만 거세게 수면을 가르고 올라오는 소리나 첨벙 하고 무겁게 떨어지는 소리는 들을 수 있었다. 줄이 빠르게 풀려나가는 바람에 양쪽 손에 상처를 입고 말았다. 하지만 어차피 일어날 거라고 각오한 바였다. 노인은 될 수 있는 대로 손바닥의 굳은살이 박인 부분으로 줄을 다루었으며 다른 부분이나 손가락은 다치지 않도록 애를 썼다.

그 아이만 있었다면 저 낚싯줄 뭉치를 물에 적셔주었을 텐데, 하고 노인은 생각했다. 그래, 그 애가 있어야 하는 건데. 그 아이만 있다면 얼마나 좋아!

낚싯줄은 끝없이 계속 풀려나갔지만 속도는 점점 줄어들고 있었다. 노인은 고기가 낚싯줄을 조금씩 잡아당기도록 조종했다. 드디어 노인은 짓뭉개진 만새기 살점에서 얼굴을 빼내어 뱃전 위로 고개를 들었다. 이어서 무릎을 세우고 천천히 일어섰다. 노인은 계속 낚싯줄을 풀어주면서 속도를 조금씩 줄였다. 그러고는 낚싯줄 뭉치가 있는 곳으로 가서 어둠 속에서 발로 더듬어 낚싯줄 뭉치를 찾았다. 아직 낚싯줄은 충분히 남아 있었다. 고기는 새로 풀려나간 줄이 물속에서 일으키는 마찰까지 감당하며 배를 끌어야 했다.

그래. 노인은 생각했다. 녀석은 여남은 번이나 물 위로 올라왔으니 지금쯤 등줄기의 부레에 공기가 잔뜩 들어갔을 거야. 그러니 내가 끌어올릴 수 없는 깊은 곳까지 내려가서 죽는 일은 없을 테지. 조금 있으면 빙빙 돌기 시작할 테니 바로 그때 손을 쓰는 거다. 그런데 무엇 때문에 녀석이 갑자기 요동을 쳤을까? 너무 배가 고파서 죽기 살기로 나온 건가, 아니면 캄캄한 밤에 무언가를 보고 놀란 건가? 어쩌면 갑자기 겁이 났는지도 모르지. 그래도 그토록 침착하고 힘이 좋았는데. 또 겁이라고는 없고 자신만만해 보였는데. 참 이상한 일이로군.

"이봐, 늙은이! 자네나 겁먹지 말고 자신감을 가지라고."

노인은 말했다.

"지금 낚싯줄을 잡고는 있지만 잡아당기지는 못하잖아. 하지만 이제 녀석이 곧 빙빙 돌게 될 거야."

노인은 이제 왼손과 양어깨로 낚싯줄을 받치고 몸을 구부려 뱃전 너머로 오른손을 뻗었다. 손으로 물을 퍼 올려 얼굴에 달라붙은 만새기의 살점을 씻어냈다. 행여 그것 때문에 구역질이 나서 토하게 되면 힘이 빠질까 봐 걱정이 된 것이다. 얼굴이 깨끗해지자 노인은 오른손을 뱃전 너머로 뻗어 짠물에 담근 채 한참 동안 그러고 있었다. 노인은 동트기 전의 새벽이 다가오는 것을 지켜보았다. 이제 녀석은 거의 동쪽으로 방향을 튼 것 같군. 노인은 생각했다. 동쪽으로 방향을 바꾸었다는 것은 녀석이 지쳐서 물결에 몸을 맡기고 흘러가고 있다는 증거야. 조금 있으면 빙빙 돌기 시작할 테니 그때 진짜 승부를 겨루게 될 거야.

그 정도면 충분히 물에 담갔다는 생각이 들자 노인은 오른손을 들어 올려 바라보았다.

"별거 아니로군."

노인은 말했다.

"이 정도 아픈 것쯤이야 사나이에게는 문제도 아니지."

노인은 낚싯줄이 상처에 스치지 않도록 조심스럽게 오른손으로 바꿔 잡은 뒤, 반대쪽 뱃전 너머로 왼손을 바닷물에 담글 수 있도록 몸의 무게중심을 옮겼다.

"그만하면 잘 버텨주었다."

노인은 왼손을 보며 말했다.

"물론 아까는 네 속을 알 수가 없었지만 말이야."

왜 나는 양손 모두 튼튼하게 태어나지 못했을까? 노인은 생각했다. 아마 왼손을 거의 쓰지 않은 내 잘못이겠지. 자꾸 왼손을 쓰는 버릇을 들였어야 했는데 말이야. 어쨌든 간밤에는 잘 버텨주었고 쥐도 한 번밖에 나지 않았다. 또다시 쥐가 나서 손이 마비된다면 차라리 낚싯줄에 끊어지게 내버려두는 게 낫겠어.

이런 생각을 하고 있는데 노인은 갑자기 머리가 어질어질했다. 아무래도 만새기 고기를 조금 먹어야 할 모양이었다. 하지만 도저히 못 먹겠어. 노인은 자신을 향해 말했다. 구역질이 나서 힘이 빠지는 것보다는 차라리 머리가 조금 어지러운 게 더 낫지. 게다가 만새기 고기에 얼굴을 완전히 처박았으니 먹어도 소화가 되지 않을 거야. 상할 때까지는 비상용으로 남겨두어야겠다. 이제는 뭔가 영양분을 섭취해서 힘을 얻기에는 너무 늦었어. 문득 노인은 자신을 꾸짖었다. 멍청이 같으니라고,

남은 날치 한 마리를 먹으면 되잖아.

날치는 깨끗이 씻어놓았기에 그냥 집어 먹기만 하면 되었다. 노인은 왼손으로 날치를 집어 들고는 조심조심 뼈를 씹으면서 꼬리까지 통째로 다 먹었다.

날치는 어떤 고기보다 영양분이 많아. 노인은 생각했다. 적어도 지금 내게 필요한 힘은 충분히 줄 거야. 이제 내가 할 수 있는 것은 다했어. 노인은 생각했다. 어서 녀석이 빙빙 돌게 해서 본격적으로 한판 붙어보자.

노인이 바다로 나온 뒤 세 번째로 해가 떠올랐다. 이때 고기가 원을 그리며 빙빙 돌기 시작했다.

드리워진 줄의 각도만으로는 고기가 돌고 있다는 것을 알 수 없었다. 예상했던 것보다 훨씬 빨랐다. 노인은 낚싯줄이 약간 느슨해진 것을 알아차리고 오른손으로 부드럽게 당기기 시작했다. 낚싯줄은 여전히 팽팽했지만 거의 끊어지는 느낌을 받을 때까지 당기자 드디어 줄이 끌려오기 시작했다. 노인은 양어깨와 머리 위에 드리운 줄을 벗겨내며 무리한 힘을 주지 않고 꾸준히 당기기 시작했다. 몸을 좌우로 흔들며 양손을 사용했고 될 수 있는 대로 몸과 다리에 힘을 주면서 당겼다. 노인은 늙은 두 다리와 양어깨를 축으로 몸을 흔들면서 낚싯줄을 잡아당겼다.

"엄청 크게 도는군."

노인은 말했다.

"어쨌든 돌고 있어."

어느 순간 낚싯줄은 더 이상 끌려오지 않았다. 노인은 낚싯줄을 삽은 채 낚싯술에서 아침 햇살을 받은 물방울이 튀는 모습을 바라보았다. 이어서 낚싯줄이 다시 끌려나가기 시작했다. 노인은 무릎을 꿇은 채 억울하지만 줄을 다시 시커먼 바닷속으로 풀어주는 수밖에 없었다.

"녀석이 이제 원을 크게 그리며 도는 거야."

노인은 중얼거렸다. 낚싯줄을 단단히 잡고 있어야 해, 하고 노인은 생각했다. 팽팽하게 잡아당기고 있으면 녀석이 도는 원이 점점 작아지겠지. 아마 한 시간 정도 지나면 저놈을 볼 수 있겠는걸. 그럼 내 힘을 보여주고 죽여야 해.

그러나 고기는 천천히 회전했고 노인은 땀으로 범벅이 되었다. 두 시간이 지나자 완전히 기진맥진해졌다. 하지만 고기가 도는 원의 반경은 훨씬 줄어들었고, 낚싯술의 경사로 보아 고기가 헤엄치면서 꾸준히 위로 올라오고 있다는 것을 알 수 있었다.

이미 한 시간 전부터 노인은 현기증이 나서 눈앞에 검은 점들이 어른거렸다. 게다가 땀이 눈과 눈 밑의 상처, 이마로 흘러들어 무척 쓰라렸다. 눈앞에 검은 점들이 어른거리는 거야 줄을 팽팽하게 잡아당기다 보면 늘 있는 일이니 신경 쓸 게 없었다. 하지만 두 번씩이나 머리가 어질어질하며 현기증이 나자 더럭 겁이 났다.

"이런 식으로 고기랑 같이 죽을 수는 없어."

노인은 말했다.

"여기까지 멋지게 끌어올렸는데, 하느님 어떻게든 버틸 수 있게 해주소서. 주의 기도와 성모송을 백 번이라도 외우겠습니다. 지금 할 수는 없고요."

그냥 왼 것으로 쳐주세요, 하고 노인은 생각했다. 나중에 외우면 되잖아요.

그때 바로 두 손으로 잡고 있는 낚싯줄이 팽 하고 튕기면서 거세게 밖으로 끌려나갔다. 손에 날카로우면서도 힘차고 묵직한 무게가 느껴졌다.

녀석이 철사로 된 낚시목줄을 뾰족한 주둥이로 치고 있군. 노인은 생각했다. 예상했던 일이야. 그렇게 할 수밖에 없겠지. 저러다 뛰어오를지도 모르겠어, 좀 더 도는 게 좋은데. 아까 뛰어오른 것은 숨을 쉬려고 그랬다고 쳐도, 이제부터는 뛰어오를 때마다 낚싯바늘이 박힌 상처 부위가 점점 벌어질 텐데. 잘못하여 낚시가 벗겨지면 낭패가 아닌가.

"이 녀석아, 뛰지 마라."

노인은 말했다.

"뛰지 말란 말이야."

고기는 다시 몇 차례 철사 줄을 때렸고, 고기가 머리를 흔들 때마다 노인은 줄을 조금씩 풀어주었다.

지금만큼만 고통스럽게 해야 해. 노인은 생각했다. 내 고통은 문제가 아니야. 그 정도야 견딜 수 있으니까. 하지만 녀석은 지금 미칠 지경으로 고통스러울 거야.

잠시 후 고기는 철사 줄을 치기를 멈추고는 다시 천천히 돌기 시작했다. 노인은 이제 꾸준히 줄을 끌어당기고 있었다. 다시금 현기증이 일었다. 노인은 왼손으로 바닷물을 조금 퍼서 머리에 쏟아부었다. 몇 번 더 붓고는 목덜미를 문질렀다.

"그나마 쥐는 안 나서 다행이다."

노인은 중얼거렸다.

"녀석은 곧 떠오르겠지. 난 버틸 수 있어. 반드시 버텨내야 해. 더 말할 필요도 없지."

노인은 잠시 뱃머리 바닥에 무릎을 꿇고 있다가 낚싯줄을 등에 둘러멨다. 녀석이 저렇게 먼 쪽으로 돌고 있을 때 좀 쉬어야지. 가까이 다가오면 그때 일어나서 담판을 짓는 거야. 노인은 이렇게 마음먹었다.

노인은 이대로 뱃머리에 앉아 쉬고 싶은 생각이 간절했다. 풀려나간 줄을 잡아당기지 않고 고기가 저 혼자 한 바퀴 돌도록 내버려둔 채. 하지만 낚싯줄이 다시 팽팽해지면서 고기가 배 쪽으로 다가온다는 느낌이 들었다. 노인은 벌떡 일어서서 몸의 중심을 잡고는 팔을 휘저으며 당길 수 있는 데까지 낚싯줄을 끌어당기기 시작했다. 그가 끌어당긴 모든 줄은 배 안에 놓았다.

이렇게 녹초가 되어보기도 난생처음이야, 하고 노인은 생각
했다. 이제 무역풍이 불고 있으니 녀석을 끌어들이는 데는 아
주 그만이지. 얼마나 기다렸던 바람인가.

"고기가 다음번에 다시 멀리 돌면 그때 좀 쉬어야지."

노인은 중얼거렸다.

"기분도 좀 나아졌어. 이제 두세 차례만 더 돌면 녀석을 잡아
야겠어."

노인의 밀짚모자는 그의 뒤통수 쪽으로 젖혀졌다. 노인은 뱃
머리에 주저앉은 채 고기가 방향을 바꾸는 느낌이 올 때마다
줄을 잡아당겼다.

계속 돌아라, 한 바퀴 돌고 나면 네 녀석을 잡아들일 테니,
하고 노인은 속으로 별렀다.

파도가 꽤 높게 일고 있었다. 하지만 맑은 날씨를 예고하는
미풍이 불었다. 집으로 돌아가려면 이 정도는 바람이 불어줘야
했다.

"남서쪽으로 방향을 잡아야지."

노인은 말했다.

"사람이 바다에서 길을 잃는다는 건 말이 안 돼. 게다가 쿠바
는 길쭉한 섬인데."

고기가 모습을 드러낸 것은 세 번째로 회전할 때였다.

처음에는 시커먼 그림자 같은 것이 배 아래쪽으로 지나가는

것을 보았다. 노인은 그 시간이 한참이나 걸려서 설마 고기가 그 정도로 길 거라고는 믿을 수 없었다.

"아니야, 저렇게 클 리가 없어."

노인은 중얼거렸다.

하지만 고기는 실제로 엄청나게 컸다. 세 번째 회전을 마치고 삼십 야드 앞의 수면 위로 고기가 올라올 때 노인은 물 밖으로 솟구친 꼬리를 보았다. 그것은 큰 낫보다 더 컸으며 검푸른 바다 위에서 창백한 연보랏빛으로 번쩍였다. 꼬리를 배 뒤쪽 물 밖으로 비스듬히 세운 채 고기가 수면 바로 밑에서 헤엄쳐 지나갈 때, 노인은 고기의 거대한 몸집과 몸통에 둘린 보라색 줄무늬를 볼 수 있었다. 등지느러미는 밑으로 늘어져 있었고 커다란 가슴지느러미는 활짝 펼쳐진 상태였다.

이번 회전에서 노인은 고기의 눈을 볼 수 있었다. 그리고 고기 가까이에서 헤엄치는 두 마리의 잿빛 빨판상어*도 볼 수 있었다. 빨판상어는 고기에 바짝 붙어 있기도 하고 때로는 떨어져서 헤엄치기도 했으며 고기의 그림자 밑에서 유유히 따라오기도 했다. 두 마리 모두 삼 피트가 넘어 보였고 빠르게 헤엄칠 때는 마치 뱀장어처럼 꿈틀거렸다.

---

* 빨판상엇과의 바닷물고기. 몸의 길이는 30~40센티미터이고 가느다랗고 길며, 머리 위에는 등지느러미가 변하여 된 달걀 모양의 빨판이 있는데, 다른 큰 물고기의 입 아래쪽에 빨판으로 붙어산다.(옮긴이)

노인은 이제 땀을 흘리고 있었는데 꼭 햇볕 때문만은 아니었다. 고기가 날뛰지 않고 조용히 회전할 때마다 노인은 조금씩 줄을 끌어당겼다. 이제 두 번만 더 돌면 작살을 꽂을 기회가 올 것이라고 확신했다.

하지만 바짝, 아주 바짝 배 가까이로 끌어당겨야 해. 노인은 생각했다. 머리를 겨냥해서는 안 돼. 곧바로 심장을 찔러야지.

"침착하게, 그리고 강하게 해야 돼, 늙은이!"

노인은 말했다.

다시 한 바퀴를 돌고 왔을 때 고기의 등이 물 밖으로 나왔지만 배에서 상당히 떨어져 있었다. 그 다음번에도 여전히 거리가 너무 멀었다. 하지만 고기는 수면 위로 한층 높이 올라와 있었다. 노인은 조금만 더 끌어당기면 고기를 배 옆에 가까이 오게 할 수 있다고 확신했다.

작살은 이미 오래전에 준비해두고 있었다. 작살에 달린 가벼운 밧줄은 둥그런 바구니에 담긴 채 끝이 뱃머리 쪽 말뚝에 매어져 있었다.

고기는 이제 원을 그리며 조용히, 그리고 우아한 모습을 보이며 다가왔다. 물론 눈에 선명하게 보인 것은 거대한 꼬리의 움직임뿐이었다. 노인은 있는 힘을 다해 고기를 가까이 끌어당겼다. 고기는 잠깐 옆으로 몸을 뒤집더니 이내 똑바로 세우고는 다시 원을 그리며 돌기 시작했다.

"녀석을 움직이게 했구나."

노인은 말했다.

"내가 드디어 녀석을 움직이게 했어."

다시 현기증이 났지만 노인은 온 힘을 다해 그 거대한 고기를 끌어당겼다. 내가 녀석을 움직이게 했다고! 노인은 생각했다. 어쩌면 이번에 녀석을 잡을 수 있을지도 몰라. 손아, 줄을 잡아당겨라. 노인은 생각했다. 다리야, 제발 버텨다오. 머리야, 조금만 견디렴. 나를 위해 참아줘. 이제껏 잘 견디지 않았느냐. 이번에는 놓치지 않겠어.

하지만 노인이 있는 힘을 다해 끌어당기는데도 고기는 배 가까이 다가오기 전에 잠시 몸을 뒤집었다가 다시 자세를 바로잡은 다음 도망쳐버렸다.

"이 녀석아!"

노인은 말했다.

"넌 어차피 죽게 되어 있어. 꼭 나까지 죽일 셈이냐?"

그래 봤자 아무 소용없을 거야. 노인은 생각했다. 입안이 바싹 말라붙어 말을 하기도 힘들었지만 물병을 집어 들 힘도 남아 있지 않았다. 어쨌든 이번에는 고기를 배 옆으로 끌어와야 해. 계속 저렇게 돈다면 더 이상 감당하지 못할 거야. 노인은 생각했다. 아니, 너는 할 수 있어! 노인은 자신에게 말했다. 너는 언제까지고 버틸 수 있을 거야.

그 다음번에 돌 때 노인은 거의 고기를 잡을 뻔했다. 하지만 이번에도 고기는 자세를 바로잡은 다음에 천천히 달아나버렸다.

고기야, 네가 나를 아예 죽일 작정이구나! 노인은 생각했다. 하기야 너에게도 그럴 권리가 있겠지. 이제까지 너보다 더 크고 더 아름답고 침착하며 고상한 고기는 본 적이 없다, 형제여! 어서 와서 나를 죽여보렴. 누가 누구를 죽이든 상관하지 않겠어.

또다시 네 머리가 어지러워지는군. 노인은 생각했다. 머리를 맑게 해야 돼. 머리를 맑게 하고 남자답게 견딜 줄 알아야 한다. 적어도 저 녀석만큼이라도. 노인은 생각했다.

"머리야, 맑아져라."

노인은 자신에게도 들릴 듯 말 듯 작은 소리로 속삭였다.

"제발 좀 맑아지라고."

고기는 두 번이나 더 회전했지만 달라진 것은 없었다.

도무지 이유를 알 수가 없구나. 노인은 생각했다. 생각할수록 머리가 아팠다. 에라, 모르겠다. 어쨌든 한 번 더 해보는 수밖에.

노인은 한 번 더 시도를 했다. 고기가 다시 몸을 뒤집었을 때 노인은 정신을 잃을 것 같은 기분이 들었다. 하지만 고기는 자세를 바로잡고는 물 밖으로 커다란 꼬리를 흔들며 다시 유유히 달아나버렸다.

한 번만 더 해보자. 노인은 다짐했다. 이제 두 손은 힘이 다 빠져 흐물흐물했고 눈도 잘 보이지 않았다.

다시 시도해보았지만 결과는 마찬가지였다. 그래서 노인은 생각했다. 시작도 하기 전에 정신을 잃을 것만 같았다. 또 한 번 시도해보겠어.

노인은 자신의 모든 고통과 남은 힘 전부, 그리고 오래전에 사라진 자부심을 끌어모아 고기의 고통과 맞서기 위해 자신을 내던졌다. 고기는 가까이 다가와 바로 옆에서 유유히 헤엄치며 주둥이가 거의 뱃전을 스치듯 지나가고 있었다. 고기는 길고, 깊고, 넓적한 은빛 자태와 보라색 줄무늬를 뽐내며 끝없이 배를 지나갔다.

노인은 낚싯줄을 내려놓고 발로 밟은 다음에 작살을 될 수 있는 한 높이 들어 올렸다. 그리고 있는 힘을 다해, 또 마지막 한 방울까지 쥐어짜 고기의 옆구리를 겨냥했다. 노인은 사람의 가슴 높이까지 솟구친 고기의 커다란 가슴지느러미 바로 뒤를 겨냥해 작살을 내리꽂았다. 쇠갈고리가 살 속을 파고드는 느낌 이 전해지자 노인은 작살에 온몸의 무게를 실어 더욱 깊숙이 찔러 넣었다.

치명상을 입었을 텐데도 고기는 여전히 살아서 거대한 길이 와 넓이, 그리고 자신의 힘과 아름다운 자태를 뽐내듯 물 위로 높이 솟구쳤다. 마치 배에 있는 노인의 머리 위 공중에 매달린 것 같았다. 그러더니 쾅 하는 소리를 내며 노인과 배에 온통 물보라를 뒤집어씌우고는 물속으로 들어갔다.

노인은 현기증이 났으며 속이 메스꺼웠고 눈앞이 흐려졌다. 하지만 상처 난 손으로 작살 밧줄을 천천히 풀어주었다. 겨우 눈이 밝아졌을 때 노인은 고기가 은빛 배를 위로 드러내며 뒤집어져 있는 모습을 보았다. 작살 자루는 고기의 어깨 위로 비스듬히 꽂혀 있었으며 바다는 고기의 심장에서 쏟아지는 피로 붉게 물들어갔다. 처음에는 피가 깊이 일 마일 아래 푸른 바다의 고기 떼처럼 시커멓게 보였다. 그러더니 잠시 후 구름처럼 퍼져 나갔다. 고기는 은빛 배를 드러낸 채 조용히 물결치는 대로 둥둥 떠 있었다.

노인은 언뜻 눈앞에 펼쳐진 광경을 보고는 믿어지지 않는 듯 유심히 살펴보았다. 그러고는 작살 밧줄을 뱃머리 쪽의 말뚝에 두 번 감아 맨 다음, 머리를 두 손으로 감싸 쥐었다.

"제발 머리를 맑게 해다오."

노인은 뱃머리의 판자에 기대며 말했다.

"나는 기진맥진한 늙은이다. 그런데도 형제 같은 이 고기를 잡았어. 이제부터 할 일이 많단 말이야."

이제 고기를 배 옆에 묶을 올가미와 밧줄을 준비해야 해. 노인은 생각했다. 비록 고기와 나 둘뿐이지만 고기를 배에 실으면 배가 가라앉을 거야. 아무리 물을 퍼낸다 해도 이 배에는 도저히 녀석을 실을 수 없을 테지. 이제부터 할 일이 너무 많다. 우선 저놈을 가까이 끌어와 잘 붙들어 매고는 돛을 달고 집으로 돌아가는 거야.

노인은 고기를 뱃전으로 끌어당기기 시작했다. 아가미에 낚싯줄을 집어넣어 입으로 빼낸 뒤 고기의 머리를 뱃머리에 붙들어 맬 생각이었다. 녀석을 한번 봤으면 좋겠는데. 노인은 생각했다. 고기를 천천히 만지면서 감상해보고 싶어. 저놈은 내 전재산이야. 노인은 생각했다. 하지만 그래서 감상하고 싶은 것은 아니야. 이미 녀석의 심장이 뛰는 것을 느껴보았는걸. 노인은 생각했다. 바로 두 번째로 작살 자루를 비틀어 넣을 때였지. 이제 저놈을 뱃전에 잡아매야 한다. 꼬리와 허리께에 올가미를 씌우고 뱃전에 단단히 묶어놓아야 해.

"자, 시작하자고, 늙은이."

노인은 소리를 친 뒤 물을 아주 조금 마셨다.

"싸움은 끝났고 이제 마무리해야 할 엄청나게 고된 일이 남았구나."

노인은 하늘을 올려다보고 다시 고기를 바라보았다. 그러고는 해를 조심스럽게 살펴보았다. 정오가 한참 지나지는 않은 듯하군. 노인은 생각했다. 그리고 무역풍이 불고 있구나. 낚싯줄 따윈 아무래도 상관없어. 집에 돌아가면 그 아이와 둘이서 다시 손질할 수 있을 거야.

"자, 이리 오렴."

노인은 말했다. 그러나 고기는 꼼짝하지 않았다. 고기는 이제 바다 위에 말없이 벌렁 누워 있을 뿐이었다. 노인은 배를 끌어 고기 곁으로 다가갔다.

바로 옆에서 뱃전 너머로 고기의 머리를 보면서도 도저히 그 크기를 믿을 수 없었다. 노인은 말뚝에 묶어놓은 작살 밧줄을 풀어 고기의 아가미로 집어넣고는 다시 턱으로 빼냈다. 이어 뾰족한 주둥이에 밧줄을 한 번 감고 다른 쪽 아가미로 다시 넣어 뺀 다음, 주둥이를 한 번 더 감았다. 그런 다음에 밧줄 양쪽 끝을 동여매어 뱃머리의 말뚝에다 묶었다. 노인은 다시 밧줄을 잘라 배 뒤쪽으로 가서 꼬리에 올가미를 씌웠다. 원래는 은빛과 보랏빛이 뒤섞여 있던 고기의 몸은 은빛으로 변했지만, 줄무늬만은 여전히 꼬리처럼 연한 보라색을 띠고 있었다. 줄무늬는 펼친 사람 손 한 뼘보다 더 넓었으며 고기의 눈은 잠망경의 반사경이나 행렬에 낀 성자처럼 초연해 보였다.

"죽이려면 이렇게 할 수밖에 없었어."

노인은 중얼거렸다. 물을 마신 덕분에 한결 기운이 났고 정신을 잃을 것 같지는 않았으며 머리도 맑아졌다. 이 정도 크기라면 천오백 파운드는 너끈히 나갈 거야. 노인은 생각했다. 어쩌면 훨씬 더 나갈지도 몰라. 내장을 발라내면 지금 무게의 삼분의 이밖에 안 되겠지만, 일 파운드에 삼십 센트씩만 받더라도 모두 얼마지?

"연필이 있어야 계산을 하지."

노인은 말했다.

"내 머리로는 계산이 안 돼. 그 위대한 디마지오도 오늘 내가 한 일을 알면 자랑스럽게 여길 거야. 나야 발뒤꿈치 뼈 통증은 없지만 손과 등이 정말 아팠어."

발뒤꿈치 뼈 통증이란 대체 어떤 걸까. 노인은 생각했다. 몰라서 그렇지, 어부들에게도 발뒤꿈치 뼈 통증이 있는지도 몰라.

노인은 고기를 뱃머리와 배 뒤쪽, 배 허리에 단단히 붙들어 맸다. 고기가 너무 커서 마치 훨씬 더 큰 배를 옆에 매단 꼴이었다. 그리고 밧줄을 한 가닥 잘라서 고기의 입이 벌어지지 않도록 아래턱을 주둥이에 붙들어 맸다. 그래야만 배가 제대로 속도를 낼 수 있기 때문이었다. 그런 다음 돛대를 세우고, 갈고리대로 쓰던 막대와 돛의 아래 활대를 달아 올리자 누덕누덕 기운 돛이 펼쳐지면서 배가 움직이기 시작했다. 노인은 배 뒤쪽에 반쯤 엎드린 채 배를 남서쪽으로 몰았다.

남서쪽이 어딘지 굳이 나침반을 볼 필요도 없었다. 그저 무역풍이 부는 대로 돛을 끌어가기만 하면 되었다. 작은 낚싯줄에 후림낚시*를 달아 드리워봐야겠다. 뭘 좀 먹어두려면 작은

---

* 물속에서 회전시키는 가짜 미끼.(옮긴이)

놈이라도 잡아야겠지. 또 수분을 보충하려면 물도 마셔야 해. 하지만 후림낚시는 보이지 않았고 남은 정어리도 상해서 쓸 수가 없었다. 그래서 노인은 배 가까이 떠다니는 모자반류의 누런 해초를 갈고리로 끌어올렸다. 해초 더미를 흔들자 그 속에 있던 작은 새우들이 배의 바닥에 떨어졌다. 열 마리가 넘는 새우들이 모래벼룩처럼 바닥에서 팔딱팔딱 뛰었다. 노인은 엄지와 검지로 새우의 머리를 떼어낸 다음, 껍질과 꼬리까지 꼭꼭 씹어 먹었다. 비록 몸집은 아주 작았지만 새우가 영양분이 풍부하고 맛있다는 것을 노인은 알고 있었다.

물병에는 물이 두어 모금 정도 남아 있었다. 노인은 새우를 다 먹은 다음에 물을 반 모금쯤 마셨다. 무거운 고기를 매단 것치고 배는 아주 잘 나갔다. 노인은 팔 아래로 키를 끼고 배의 방향을 조종했다. 노인은 이제 고기도 볼 수 있었으며 눈에 보이는 두 손과 배 뒤쪽에 기댄 등의 감촉으로 이것이 꿈이 아니라 실제로 일어난 일이라는 것을 알 수 있었다. 고기를 잡기 전까지만 해도 정신을 잃을 정도로 탈진한 나머지, 이게 꿈이 아닌가 하고 생각한 적도 있었다. 그러다가 고기가 물 밖으로 뛰어올라 다시 밑으로 떨어지기 전, 한순간 공중에 매달려 있을 때는 너무도 기이해서 그 광경을 도저히 믿을 수 없었다. 지금은 여느 때처럼 환히 잘 보이지만 그때는 눈이 흐릿해서 잘 보이지도 않았다.

이제 눈앞에 분명히 고기가 있었고 두 손과 등이 아픈 걸 보면 분명 꿈은 아니었다. 손의 상처는 곧 나을 거야. 노인은 생각했다. 피도 나올 만큼 나왔으니 상처는 소금물에 치료가 되겠지. 진짜 심해의 시커먼 물이야말로 최고의 치료제다. 이제 내가 할 일은 오로지 머리를 맑게 하는 것뿐이야. 손은 할 일을 다 했고 배는 잘 달리고 있어. 고기가 입을 꽉 다물고 꼬리를 높이 치켜세우고 함께 달리는 것을 보니 우리 둘이 꼭 형제 같구나. 노인은 다시 정신이 가물가물해졌다. 그리고 그는 생각했다. 도대체 녀석이 나를 데리고 가는 거야, 아니면 내가 녀석을 데리고 가는 거야. 녀석을 뒤에다 매달고 가면 아무 문제가 없을 텐데. 녀석이 자존심을 다 팽개치고 배 안에 누워 있어도 문제는 없을 거야. 하지만 녀석과 나는 나란히 함께 달리고 있어. 그리고 노인은 생각했다. 만약 녀석이 나를 끌고 가야만 직성이 풀린다면 그렇게 해주자. 나야 녀석보다 낫다면 꾀가 좀 있을 뿐이고 또 녀석은 나에게 해를 끼친 것도 아니니까.

노인과 고기는 미끄러지듯 바다를 달렸고, 노인은 두 손을 번갈아 짠물에 담가서 머리를 맑게 해보려고 애썼다. 하늘에는 뭉게구름이 떠 있었고 그 위로는 새털구름이 빽빽이 펴져 있어서 노인은 밤새도록 순풍이 불 것임을 알았다. 노인은 꿈이 아닌지 확인하려고 끊임없이 고기를 바라보았다. 이로부터 한 시간 뒤 첫 번째 상어가 공격을 시작했다.

상어는 우연히 나타난 것이 아니었다. 상어는 검은 구름 같은 피가 서서히 가라앉으며 일 마일 깊이의 바닷속으로 퍼질 때 깊은 물속에서 치고 올라왔기 때문이다. 상어는 아무런 경고도 없이 쏜살같이 올라와 푸른 물을 가르면서 햇빛 속에 모습을 드러냈다. 그런 다음 다시 물속으로 들어갔다가 냄새를 맡고는 배와 고기가 간 길을 따라 쫓아오기 시작했다.

상어는 때로 피 냄새를 놓치기도 했다. 하지만 다시 냄새를 맡든가 아니면 냄새의 흔적을 뒤쫓아 전속력으로 달려왔다. 그놈은 바다에서 가장 빨리 달리는 청상아리*로 덩치가 무지하게 컸다. 청상아리는 억센 턱만 빼면 몸 전체가 아름다웠다. 등은 황새치처럼 푸르고 배는 은빛을 띠었으며 살가죽은 부드럽고 멋있었다. 청상아리는 빠르게 헤엄칠 때 꽉 다문 거대한 턱을 제외하면 황새치와 거의 비슷했다. 수면 바로 밑을 달릴 때는 거대한 등지느러미를 흔들지도 않고 칼처럼 물살을 베고 나아갔다. 꽉 다문 이중 입술의 턱 안에는 이가 안쪽으로 비스듬히 여덟 줄이 나 있었다. 이 이빨은 흔히 다른 상어들에게서 보는 피라미드형이 아니었다. 그것은 매 발톱처럼 오므린 사람의 손가락처럼 생겼다. 이빨 하나가 노인의 손가락 길이만 했고 양쪽 끝이 면도날처럼 날카로웠다. 청상아리는 바다의 어떤 고

---

* 식인 상어의 대표 종으로 몸길이는 2~6미터 정도 된다. 속도가 무척 빠르고 난폭하며 힘이 세다. (옮긴이)

기라도 잡아먹을 수 있도록 만들어진 어종이었으며, 무척 빠르고 힘이 센 데다 우수한 무기를 갖추고 있기 때문에 무서울 게 없는 놈이었다. 바로 이런 놈이 지금 신선한 피 냄새를 맡고 푸른 등지느러미로 물을 가르며 쫓아오고 있는 것이었다.

상어가 쫓아오는 것을 보고 노인은 도무지 겁이라고는 모르며 저 하고 싶은 대로 하는 놈이라는 것을 알았다. 노인은 상어가 다가오는 것을 지켜보며 작살을 들고 밧줄을 단단히 동여맸다. 고기를 묶는 데 잘라 쓴 바람에 밧줄이 약간 짧았다.

이제 노인의 머리는 맑아졌고 온몸에는 굳은 결의가 넘쳤지만 희망은 별로 없었다. 너무 좋은 일은 오래가지 못하는구나. 노인은 생각했다. 노인은 상어가 가까이 다가오는 것을 지켜보면서 큰 고기를 힐끗 바라보았다. 차라리 모든 게 꿈이었다면 좋겠어. 노인은 생각했다. 상어가 공격하는 것을 막을 수는 없겠지만 상어를 죽일 수는 있을 거야. 덴투소*로구나, 이 망할 놈아!

상어는 배 뒤쪽에 바짝 붙어서 고기에게 달려들었다. 이때 노인은 상어의 벌려진 입과 이상한 눈을 보았다. 그리고 상어가 큰 입을 쩍 벌리고 앞으로 달려들며 고기의 꼬리 위 살점을 이빨로 물어뜯는 모습을 보았다. 상어의 머리는 물 밖으로 나

---

* dentuso. 이빨이 크고 고르지 않은 상어를 가리키는 스페인어.(옮긴이)

와 있었고 등도 보였다. 큰 고기의 껍질과 살을 물어뜯는 소리
가 들렸을 때, 노인은 상어의 두 눈 사이의 선과 코에서 등으로
이어지는 선이 교차하는 상어의 머리를 향해 작살을 내리꽂았
다. 사실 상어에게 이런 선 같은 것은 없었다. 보이는 것은 오직
무겁고 날카로운 파란 머리와 커다란 두 눈, 그리고 철컥하며
모든 것을 집어삼키는 주둥이뿐이었다. 하지만 노인이 내리찍
은 곳은 바로 상어의 뇌가 있는 부위였다. 노인은 피 묻은 손으
로 있는 힘을 다해 작살로 골통을 내리찍은 것이다. 큰 기대를
했다기보다는 단호한 결의와 악의로 가득 차서 찔렀다.

　상어가 몸을 뒤집을 때 노인은 그 눈에서 이미 죽음의 빛을
보았다. 그러더니 그놈은 다시 한 번 몸을 뒤집고는 밧줄로 제
몸을 두 번 휘감았다. 노인은 상어가 죽었다고 생각했지만 상
어는 자신의 죽음을 인정하려 들지 않는 것 같았다. 상어는 뒤
집힌 채 꼬리로 물을 후려치고 턱을 철컥거리면서 마치 쾌속정
처럼 빠르게 빠져나갔다. 다시 꼬리로 물을 치자 하얀 물방울
이 튀었고 몸뚱이의 사 분의 삼이 물 밖으로 드러났다. 순간 작
살 줄이 팽팽하게 당겨지며 부르르 떨리더니 툭 끊어지고 말았
다. 노인은 상어가 잠시 수면 위에 조용히 떠 있는 모습을 지켜
보았다. 그러더니 상어는 아주 느릿느릿 가라앉았다.

　"저놈이 사십 파운드는 떼어 먹었겠다."

　노인은 큰 소리로 외쳤다. 게다가 작살과 밧줄까지 몽땅 가

저가 버렸어. 노인은 생각했다. 그뿐인가, 고기가 다시 피를 흘리니 다른 놈들이 또 덤벼들 게 틀림없어.

노인은 몸뚱이가 뜯겨나간 고기를 보고 싶은 마음이 더 이상 없었다. 상어가 고기를 물어뜯을 때는 영락없이 자기 살점이 뜯겨나가는 기분이었다.

어쨌든 내 고기를 공격한 상어를 내 손으로 죽였잖아. 노인은 생각했다. 사실 전에도 큰 놈들을 많이 보았지만 이제껏 본 것 중에 가장 큰 덴투소를 죽인 거야.

너무 좋은 일은 오래가지 않는 법이라더니. 노인은 생각했다. 이게 꿈이라면 좋겠어. 결코 저 고기를 낚은 적도 없고 집에서 침대에 신문지를 깔고 혼자 누워 있는 것이라면 얼마나 좋아.

"하지만 인간은 패배하려고 태어난 게 아니야."

노인은 말했다.

"인간은 죽을 수는 있지만 패배하지는 않아."

고기를 죽인 것이 미안하구나. 노인은 생각했다. 이제 힘든 시간이 다가오고 있는데 나에게는 작살마저 없어. 덴투소란 놈은 잔인하고 유능한 데다 강하고 영리하기까지 해. 하지만 나만큼 영리하진 않지. 아니, 그 반대일 수도 있어. 내가 더 무장이 잘되어 있었을지도 모르지.

"제발 그만 생각해, 늙은이!"

노인은 큰 소리로 말했다.

"이쪽으로 계속 가는 거야. 또 덤비면 그때 가서 보자고."

그래도 아무 생각을 안 하고 있을 수는 없잖아. 노인은 생각했다. 지금 내가 할 수 있는 일이 생각하는 것밖에 더 있어? 그 일과 오로지 야구 생각뿐이지. 위대한 디마지오는 내가 상어 골통을 내려찍은 것을 보았다면 좋아했을까? 그렇게 대단한 일은 아니지, 뭐. 노인은 생각했다. 누구라도 그 정도는 할 수 있어. 하지만 손을 다쳤으니 발뒤꿈치 뼈 통증 같은 약점이 있다고 생각해야 할 것 아닌가? 나도 모르겠다. 언젠가 수영을 하다 색가오리*를 밟는 바람에 가시에 찔려서 다리 아래쪽이 마비되고 엄청 아팠던 적은 있었지. 이때 말고는 한 번도 발뒤꿈치 부상을 입은 적은 없었으니까.

"뭔가 신나는 일을 생각해보라고, 늙은이!"

노인은 말했다.

"점점 집에 가까워지고 있잖아. 고깃살이 사십 파운드나 떨어져 나갔으니 그만큼 더 배가 가벼워진 셈이지, 뭐."

노인은 배가 해류의 안쪽 부분에 이르렀을 때 어떤 일이 일어날지 너무나 잘 알고 있었다. 하지만 지금 할 수 있는 것은 아무것도 없었다.

"아니, 있어."

---

* 꼬리에 날카로운 가시가 달려 있고 몸이 평평한 가오리종.(옮긴이)

노인은 큰 소리로 외쳤다.

"칼을 노의 끝 부분에 단단히 묶으면 돼."

노인은 키 손잡이를 팔 아래에 끼고 발로 돛자락을 누른 채 그 작업을 했다.

"됐다."

노인은 말했다.

"내가 비록 늙긴 했지만 그렇다고 완전히 무방비 상태는 아니야."

미풍이 다시 불어오자 배는 거침없이 달렸다. 노인은 고기의 멀쩡한 앞부분만 바라보았다. 희망이 다시 샘솟는 기분이 들었다.

희망을 버리는 것은 바보 같은 짓이야. 노인은 생각했다. 게다가 희망을 버리는 것은 죄야. 죄 따윈 생각하지 말자. 노인은 생각했다. 그것 말고도 걱정할 문제가 산더미라고. 또 나는 죄가 뭔지도 모른다.

나는 죄가 무엇인지도 모르고 또 내가 죄를 믿고 있는지조차도 잘 모르겠어. 아마 고기를 죽인 것도 죄라면 죄가 되겠지. 비록 내가 살기 위해, 또 많은 사람을 먹이기 위해 고기를 죽였을지라도 왠지 죄라는 생각이 들어. 그렇다면 죄 아닌 것이 어디 있겠어? 죄 따위는 생각하지 말자. 그런 생각을 하기에는 때가 너무 늦었고 또 그런 일을 하면서 돈을 받는 사람도 있잖은가.

116

죄 따위는 그런 사람들에게 생각하라고 하지 뭐. 고기가 고기로 태어난 것처럼 난 어부로 태어난 거야. 성 베드로도 위대한 디마지오의 아버지처럼 어부였지 않은가.

배에는 딱히 읽을 것도 없었고 라디오도 없었기 때문에 노인은 자신에 관한 모든 일을 생각하기를 좋아했다. 그래서 이 생각 저 생각 하며 죄에 관해서도 계속 생각했다. 오직 먹고살기 위해서, 양식을 얻기 위해서 고기를 죽인 것은 아니야. 노인은 생각했다. 난 자부심을 위해서, 또 어부이기 때문에 고기를 죽인 거야. 고기가 살아 있을 때도 사랑했고 고기가 죽은 뒤에도 변함없이 고기를 사랑했어. 정말로 고기를 사랑한다면 죽였다고 해서 죄가 될 것은 없잖아. 아니면 죄보다 더한 것이 될까?

"무슨 생각이 그리 많아, 늙은이?"

노인은 큰 소리로 외쳤다.

그래도 덴투소란 놈을 죽일 때는 기분이 좋았지. 노인은 생각했다. 그놈도 너처럼 싱싱한 고기를 먹고 산다. 죽은 고기를 먹는 거지 고기도 아니고, 다른 상어들처럼 닥치는 대로 집어삼키는 탐욕스러운 놈도 아니야. 그놈은 아름답고 고상하며 그 어떤 두려움도 몰라.

"내가 그놈을 죽인 것은 정당방위야!"

노인은 크게 소리쳤다.

"그리고 잘 죽였어."

더욱이 세상의 모든 것은 어떤 방식으로든 다른 무언가를 죽이며 살아가지 않는가. 노인은 생각했다. 고기잡이는 나를 살리기도 하지만 나를 죽이기도 하지. 그 아이는 나를 살려줄 거야. 노인은 생각했다. 나 자신을 너무 속이고 살아서도 안 돼.

노인은 뱃전 너머로 몸을 숙이고 상어가 물어뜯어 덜렁거리는 고기의 살을 한 점 떼어냈다. 그리고 그것을 씹으며 고기의 질과 좋은 맛을 음미했다. 그것은 쇠고기처럼 살이 단단하고 물기도 많았으나 색깔이 붉지는 않았다. 힘줄도 없어서 시장에 내다 팔면 최고의 값을 받으리라는 것을 노인은 알았다. 하지만 냄새가 바다로 퍼져 나가는 것을 막을 방법은 없었다. 노인은 매우 힘든 시간이 다가오리라는 걸 알았다.

미풍은 그칠 줄 모르고 계속 불었다. 약간 북동쪽으로 방향이 바뀌기는 했지만, 노인은 바람이 멎지는 않을 것임을 알았다. 노인은 앞을 바라보았으나 다른 배의 돛도 선체도 연기도 보이지 않았다. 보이는 것이라고는 오직 뱃머리 쪽에서 날아올랐다가 뱃전 양옆으로 사라지는 날치와 누런 해초 더미들뿐이었다. 새 한 마리도 보이지 않았다.

노인은 배 뒤쪽에 기대어 쉬면서 이따금 힘을 내기 위해 청새치의 살점을 씹곤 했다. 그렇게 두 시간가량 갔을까. 바로 그때 뒤를 쫓아오는 두 마리 상어 중 첫 번째 놈을 보았다.

"아이!"

노인은 크게 소리쳤다. 그저 이렇게 소리 지르는 것 말고는 달리 어떻게 표현할 수가 없었다. 아마 못을 박다가 못이 손바닥을 뚫고 나무에 박힐 때 자신도 모르게 내는 소리 같은 것이었는지도 모른다.

"갈라노galano 상어다!"

노인은 큰 소리로 말했다. 첫 번째 상어 뒤로 바짝 따라오는 놈을 보면서 노인은 삼각형 모양의 갈색 지느러미라든가 물살을 쓸어내듯이 움직이는 꼬리를 보고 그놈들이 삽날코상어라는 것을 알았다. 그놈들은 냄새를 맡고 흥분한 모양이었다. 너무 배가 고픈 나머지 날뛰다가 멍청하게 냄새를 놓치곤 했다. 그러다가 다시 냄새를 맡고 쫓아오기를 반복했다. 어쨌든 놈들은 끈질기게 쫓아오고 있었다.

노인은 돛을 단단히 잡아매고 키의 손잡이가 돌지 못하게 고정시켰다. 그런 다음, 끝에 칼을 동여매 놓은 노를 집어 들었다. 두 손이 아파서 말을 안 들었기 때문에 가능한 한 살며시 들어 올렸다. 그러고는 손을 가볍게 쥐었다 폈다 하며 손을 풀었다. 노인은 손이야 아프건 말건 상관하지 않고 노를 꽉 움켜잡고는 상어가 다가오는 모습을 지켜보았다. 그는 상어의 넓고 평평하며 삽 끝처럼 뾰족한 머리와 양 끝이 하얗고 넓은 가슴지느러미를 볼 수 있었다. 냄새도 고약하고 닥치는 대로 잡아먹을 뿐만 아니라 썩은 고기까지 먹어치우는 역겨운 놈들이었다.

또 배가 고플 때는 노나 배에 달린 키를 가리지 않고 물어뜯기도 했다. 수면에 떠서 잠을 자는 거북의 다리와 지느러미발까지 뜯어 먹는 것이 바로 이놈들이었다. 배가 고프면 고기의 피냄새나 비린내가 나지 않는데도 사람에게까지 덤벼들었다.

"아이!"

노인은 말했다.

"갈라노 녀석들아, 어서 덤벼라."

그놈들이 왔다. 하지만 청상아리처럼 달려들지는 않았다. 한놈은 슬쩍 방향을 바꾸더니 배 밑으로 모습을 감추었다. 그놈이 고기를 홱 밀치고 물어뜯고 하는 바람에 노인은 배가 흔들리는 것을 느낄 수 있었다. 다른 놈은 누렇게 째진 눈으로 노인을 쳐다보더니 반원형의 입을 쩍 벌리고는 날쌔게 달려들어 이미 한 번 물어뜯긴 부위를 또 물어뜯었다. 갈색 머리의 정수리와 등 사이에 뚜렷한 선이 보였다. 뇌와 척수가 합쳐지는 부분이었다. 노인은 칼이 달린 노를 들어 올려 그곳을 찔렀다가 다시 고양이 눈 같은 상어의 노란 눈을 찔렀다. 그놈은 고기로부터 떨어져 나갔지만 죽으면서도 물어뜯은 살점을 삼켰다.

다른 한 놈이 여전히 밑에서 고기에게 달려드는 바람에 배가 계속 흔들렸다. 그래서 노인은 돛을 풀어 배가 좌우로 흔들리게 해서 물속에 숨은 놈을 나오게 했다. 상어가 보이자 노인은 뱃전에 몸을 숙이고는 힘껏 찔렀다. 하지만 급소를 놓치고 두

꺼운 살가죽만 스치고 지나갔을 뿐이었다. 가죽이 얼마나 단단한지 칼이 잘 들어가지도 않았다. 너무 힘을 쓴 바람에 손뿐만 아니라 어깨까지 욱신거렸다. 상어가 다시 머리를 내밀면서 위로 쑥 올라왔다. 노인은 상어가 물 밖으로 코를 내밀고 고기에게 달려들었을 때 평평한 정수리 한가운데를 향해 똑바로 칼을 내리꽂았다. 다시 칼을 빼낸 다음 똑같은 곳을 다시 찔렀다. 상어가 갈고리 같은 주둥이로 고기를 문 채 매달려 있었기 때문에 노인은 그놈의 왼쪽 눈을 찔렀다. 하지만 상어는 여전히 매달려 있었다.

"안 떨어져?"

노인은 소리를 지르며 척추와 뇌 사이에 칼을 꽂았다. 이번에는 칼이 쑥 하고 잘 들어갔다. 그놈의 연골이 쪼개지는 느낌이 왔다. 노인은 노를 뒤집은 다음 상어의 주둥이 속에 칼날을 집어넣고는 주둥이를 벌리도록 칼날을 한 바퀴 비틀었다. 마침내 상어가 떨어져 나가는 모습을 보면서 노인은 말했다.

"잘 가거라, 갈라노. 물속 일 마일까지 가라앉아라. 가서 먼저 죽은 친구랑 만나렴. 어쩌면 그놈이 네 어미인지도 모르지만."

노인은 칼날을 닦고 노를 내려놓았다. 그러고는 돛을 찾아서 올려 바람을 잔뜩 받게 한 다음에 뱃길을 따라 배를 몰았다.

"저놈들이 사 분의 일은 뜯어 먹었을 거야, 그것도 가장 맛있는 부위로."

노인은 큰 소리로 말했다.

"제발 이게 꿈이라면, 차라리 저 고기를 잡지 않았다면 좋았을 것을. 미안하다, 고기야. 모든 것이 엉망이 돼버렸구나."

노인은 말을 멈추었다. 다시는 고기를 쳐다보고 싶지 않았다. 많은 피를 흘리고 물에 씻겨나간 고기는 거울 뒷면의 은빛처럼 창백했지만 줄무늬는 여전히 또렷했다.

"이렇게 멀리 나오는 게 아니었어, 고기야."

노인은 말했다.

"너를 위해서나 나를 위해서나 멀리 나오는 게 아니었어. 미안하다, 고기야."

이제 칼을 묶은 곳이 떨어져 나가지나 않았는지 확인해야겠어. 노인은 자신에게 중얼거렸다. 아직 할 일이 많으니 손도 잘 풀어줘야 하는데.

"칼을 갈 숫돌이 있으면 좋을 텐데."

노의 끝 부분에 동여맨 칼을 살핀 뒤 노인이 말했다.

"숫돌을 가져왔어야 하는 건데 그랬어."

가져왔어야 할 것이 참 많기도 하구나. 노인은 생각했다. 하지만 안 가져온 걸 어떡해, 늙은이. 그런 생각을 할 때가 아니야. 지금 있는 것으로 무엇을 할 수 있는지 생각해야지!

"참 좋은 충고를 많이도 해주네!"

노인은 큰 소리로 말했다.

"충고를 듣는 것도 이젠 지겨워."

노인은 팔 아래로 키의 손잡이를 끼고는 앞으로 똑바로 가는 배 위에 앉아 두 손을 물에 담갔다.

"마지막 놈이 얼마나 뜯어 먹었는지 알 수가 있나? 어쨌든 그 때문에 배는 훨씬 가벼워졌으렷다."

노인은 말했다.

이미 뜯겨나간 고기의 아랫부분까지 생각하고 싶지 않았다. 노인은 상어가 배를 쿵 하고 들이받을 때마다 고기의 살이 뜯겨나갔다는 것을, 피 냄새가 퍼져 나가 마치 고속도로처럼 뚫린 바다 구석구석에서 흔적을 찾은 상어들이 몰려오리라는 것을 알았다.

저 정도면 한 사람이 겨우내 먹고살 텐데, 하고 노인은 생각했다. 이제 그 생각은 그만하자. 그저 쉬면서 남은 고기를 잘 지키도록 손이나 잘 돌봐야지. 지금쯤 바다에는 온통 피 냄새가 퍼졌을 테니 내 손에서 나는 피 냄새쯤은 아무것도 아니야. 게다가 피가 많이 나지도 않아. 손 좀 찢어진 게 대수냐. 오히려 피를 흘려서 왼손에 쥐가 나는 일도 없을 거야.

그렇다면 이제 무슨 생각을 한담? 노인은 생각했다. 아무 생각도 말자. 아무 생각도 하지 말고 다음 놈이 오는 걸 기다려야지. 이게 정말 꿈이라면 얼마나 좋을까? 노인은 생각했다. 하지만 혹시 알아? 이제부터 일이 잘 풀릴지 말이야.

그다음에 쫓아온 놈은 삽날코상어 한 마리였다. 마치 구유로 달려드는 돼지 꼴을 하고 덤벼들었다. 돼지의 입이 그렇게 크나면 사람의 머리도 들어갈 것이었다. 노인은 상어가 고기를 물어뜯게 두었다가 노에 달린 칼을 그놈 뇌에 꽂았다. 하지만 상어가 몸을 뒤틀면서 뒤로 물러나는 바람에 그만 칼날이 뚝 부러지고 말았다.

노인은 주저앉아 키를 잡았다. 그 큰 상어가 실제 크기로 보이다가 점점 작아지며 천천히 물속으로 가라앉는 것도 보지 않았다. 그런 모습은 늘 노인을 매혹시키곤 했지만 어쨌든 지금은 쳐다보지도 않았다.

"아직 갈고리가 남았어."

노인은 말했다.

"하지만 갈고리는 별 쓸모가 없겠지. 그래도 노 두 개와 키 손잡이, 짧은 몽둥이가 있어."

결국 그놈들한테 지고 말았어, 하고 노인은 생각했다. 상어를 몽둥이로 때려잡기에는 나는 너무 늙었어. 하지만 어쨌든 노도 있고 키 손잡이도 있고 짧은 몽둥이도 있는데 하는 데까지 해보자.

노인은 다시 두 손을 바닷물 속에 담갔다. 날이 점점 저물어갔고 바다와 하늘 말고는 아무것도 보이지 않았다. 바람이 더 거세진 것으로 보아 얼마 안 있어 육지가 보일 거라고 기대했다.

"너무 지쳤어, 늙은이!"

노인은 중얼거렸다.

"완전히 지쳤다고."

해 질 무렵에 다시 상어의 공격이 있었다.

노인은 고기가 물속에 만들어놓은 넓은 흔적을 따라 갈색 지느러미들이 쫓아오는 것을 보았다. 그놈들은 냄새를 찾아 이리저리 헤매지도 않고 나란히 헤엄치면서 배를 향해 똑바로 달려들었다.

노인은 키 손잡이를 움직이지 않게 고정시키고 돛을 단단히 잡아맨 다음, 배 뒤쪽 바닥에 있는 몽둥이를 집어 들었다. 그것은 부러진 노의 손잡이를 톱으로 잘라 만든 것으로 길이가 이 피트쯤 되었다. 몽둥이는 손잡이 모양 때문에 한 손으로 잡는 게 편했다. 노인은 손의 근육을 풀고는 몽둥이를 오른손으로 단단히 움켜쥐고 상어가 덤비는 것을 지켜보았다. 두 놈 다 갈라노 상어였다.

먼저 첫 번째 놈에게 실컷 물어뜯게 한 다음, 콧등이나 정수리 꼭대기를 똑바로 후려갈겨야지. 노인은 생각했다.

두 놈이 동시에 접근해왔다. 더 가까이 있는 놈이 주둥이를 쫙 벌리고 고기의 은빛 부분에 처박는 것을 보면서 노인은 몽둥이를 높이 치켜들고 상어의 넓적한 머리 한가운데 정수리를 힘껏 내리쳤다. 몽둥이를 내리치는 순간, 강한 탄력이 느껴졌다. 하지만 동시에 뼈처럼 단단한 것에 부딪친 것도 같았다. 상어가 고기에서 떨어지는 순간, 노인은 다시 몽둥이로 상어의 콧등을 호되게 후려쳤다.

나머지 한 놈은 들락날락하더니 이제 다시 주둥이를 쫙 벌리고 덤벼들었다. 노인은 그놈이 고기에서 떨어지면서 주둥이를 다물었을 때 고기의 하얀 살덩이가 주둥이 끝에 걸려 있는 모습을 볼 수 있었다. 다시 달려드는 놈을 정수리를 노려 후려치자 상어는 노인을 힐끗 쳐다보고는 계속 고기를 비틀어 뜯으려고 했다. 상어가 물어뜯은 고깃점을 삼키려고 잠시 물러나는 사이에 다시 노인이 몽둥이로 내리갈겼지만 고무같이 묵직하고 단단한 곳을 쳤을 뿐이었다.

"덤벼라, 갈라노!"

노인은 외쳤다.

"다시 덤벼봐!"

상어는 무섭게 덤벼들었고 노인은 그놈이 주둥이를 다문 순간 후려갈겼다. 될 수 있는 대로 몽둥이를 높이 치켜들고, 있는 힘껏 내리쳤다. 이번에는 뒤통수뼈에 맞은 것 같았다. 이어서 상어가 천천히 고기를 물어뜯어서 떨어져 나갈 때 같은 곳을 다시 후려갈겼다.

노인은 상어가 다시 덤비기를 기다렸으나 상어는 둘 다 보이지 않았다. 그러다 한 놈이 수면에서 맴도는 모습이 보였다. 나

126

머지 한 놈은 지느러미도 보이지 않았다.

저놈들을 죽일 수 있을 것 같지는 않았어. 노인은 생각했다. 한창때라면 죽였을 테지. 하지만 두 놈 다 흠씬 두들겨주었으니 온전하지는 못할 거야. 몽둥이를 두 손으로 잡을 수만 있다면 첫 번째 놈은 확실히 죽일 수 있었을 텐데. 지금이라도 죽일 수 있으련만. 노인은 생각했다.

노인은 고기가 어떻게 됐는지 쳐다보고 싶지도 않았다. 절반은 너끈히 뜯겨나갔음을 알고 있었다. 상어들과 싸우는 사이에 날은 이미 저물었다.

"곧 어두워지겠는걸."

노인은 말했다.

"이제 아바나 항의 불빛이 보이겠지. 동쪽으로 너무 멀리 온 거라면 낯선 해안의 불빛이라도 보이지 않을까?"

해안이 그리 멀지는 않아. 노인은 생각했다. 나 때문에 걱정하는 사람이 아무도 없었으면 해. 당연히 그 아이는 걱정을 하겠지. 하지만 그 아이는 분명히 나를 믿어줄 거야. 나이 든 어부들은 대부분 걱정할 테고. 그 밖에도 걱정하는 사람들은 많을 거야. 나는 참 좋은 동네에 살고 있어.

고기가 너무 처참하게 뜯겨나갔기 때문에 노인은 고기에게 더 이상 말을 걸 수가 없었다. 그때 어떤 생각이 문득 떠올랐다.

"반쪽 고기야."

노인은 말했다.

"온전한 고기였는데. 너무 멀리 나온 게 잘못이었어. 내가 우리 둘 모두를 망쳐놓았구나. 그래도 우리 둘이서 많은 상어를 죽이고 또 많은 놈들에게 치명상을 안겨주었잖아. 늙은 고기야, 너는 다른 고기를 몇 마리나 죽여봤니? 설마 주둥이에 달린 그 뾰족한 창을 멋으로 달고 있는 것은 아닐 테지?"

노인은 고기에 대해 이런저런 생각을 하는 것이 즐거웠다. 만약 이 고기가 마음대로 헤엄칠 수 있었다면 상어하고 어떻게 싸웠을까? 주둥이를 잘라내고 그걸로 한번 상어와 싸워보는 건데, 하고 노인은 생각했다. 하지만 밧줄을 자를 도끼도 없었고 이제는 칼도 없었다.

그런 게 있어서 노 끝 부분에 붙들어 맬 수 있었다면 훌륭한 무기가 되었을 텐데. 그러면 너와 내가 힘을 합쳐 싸울 수 있었을 거야. 그놈들이 밤에 또 덤벼들면 어떻게 하지? 그렇다면 정말 어떻게 해야 할까?

"싸워야지."

노인은 말했다.

"죽을 때까지 싸우는 거야."

이제 날이 어두워져 불빛 하나 보이지 않았다. 등대도 없었다. 다만 바람 소리와 바람에 부푼 돛이 배를 끌어당기는 소리만 들려왔다. 노인은 이미 자신이 죽은 게 아닌가 하는 느낌이 들었다. 두 손을 맞잡고 손바닥을 비벼보니 손은 아직 살아 있었다. 손가락을 오므렸다 폈다 하며 그 고통을 느끼며 살아 있다는 걸 알 수 있었다. 노인은 배 뒤쪽에 등을 기대보고는 자신이 죽지 않았다는 것을 알았다. 뻐근한 어깨가 그 사실을 가르쳐주었다.

고기를 잡기만 하면 얼마든지 드리겠다고 약속한 기도문이 있었지. 노인은 생각했다. 이제는 너무 지쳐서 기도를 욀 기운도 없구나. 부대를 어깨에 두르고 있어야겠다.

노인은 배 뒤쪽에 누운 채로 키를 잡고 하늘에 불빛이 비치기만을 기다렸다. 이제는 고기가 반쪽이 남았다. 노인은 생각했다. 운이 따르면 앞부분 반쪽만이라도 가져갈 수 있을 텐데. 운이 따라줘야 해. 아니야. 노인은 말했다. 네가 너무 멀리 나오는 바람에 좋은 기회를 망쳐버린 거야.

"바보 같은 생각은 집어치우자."

노인은 큰 소리로 말했다.

"정신 차리고 키나 잘 잡아. 아직 행운이 따를지도 몰라. 행운을 파는 곳이 있다면 그것을 사고 싶다."

하지만 무엇을 주고 행운을 산담? 노인은 자신에게 물었다. 작살도 잃어버리고 칼도 부러지고 다친 두 손밖에 없는데 무엇으로 행운을 살 수 있단 말인가?

"살 수 있어."

노인은 말했다.

"바다에서 팔십사 일 동안이나 고생하며 이미 행운을 사려고 했잖아. 거의 행운을 잡을 뻔했는데 말이야."

터무니없는 생각일랑 집어치우자. 노인은 생각했다. 행운은 여러 가지 형태로 찾아오기 마련인데 도대체 누가 그것을 알아보느냐고? 어떤 형태건 어떤 대가를 치르건 그것을 잡고 싶다. 그나저나 등대에서 비추는 불빛이 보이면 좋을 텐데. 노인은 생각했다. 참 원하는 것도 많지. 어쨌건 내가 지금 원하는 것은 불빛이야. 노인은 키를 조종하고자 좀 더 편한 자세를 취하려고 했다. 여기저기 아픈 것으로 보아 자신이 죽지 않았음을 알았다.

노인은 항구의 불빛이 하늘에 환히 비치는 것으로 보아 밤열 시쯤 되었다는 것을 알았다. 처음에 불빛은 달이 뜨기 전에 희미한 빛이 보이는 것처럼 겨우 알아볼 수 있었다. 그러다가 바람이 거세지며 풍랑이 이는 바다 너머로 훤하게 보이기 시작했다. 노인은 불빛을 향해 배를 몰았다. 노인은 생각했다. 이제 곧 멕시코 만류의 끝자락에 다다를 거야.

이제 싸움은 끝났어. 노인은 생각했다. 하지만 상어란 놈들이 또 덤벼들지도 모르지. 다시 공격을 받으면 이 컴컴한 바다에서 무기도 없이 어떻게 해야 하나?

노인은 이제 온몸이 뻣뻣하고 욱신거렸다. 상처 난 곳과 무리하게 많이 쓴 근육이 밤공기를 쏘이자 아팠다. 다시 싸우는 일이 없었으면 좋으련만. 노인은 생각했다. 정말이지 다시는 싸우고 싶지 않아.

하지만 자정 무렵에 노인은 또 싸웠다. 이번에는 싸워봤자 소용없다는 것을 이미 알았다. 상어는 떼를 지어 몰려왔으며 보이는 것이라고는 물 위에 뜬 지느러미가 만든 선과 고기에게 달려들 때 번쩍이는 인광뿐이었다. 노인은 몽둥이로 그 머리들을 내리치면서 상어 주둥이가 고기를 물어뜯는 소리를 들었다. 상어가 배 밑에서 공격할 때는 배가 출렁 흔들렸다. 노인은 그저 육감에 따라 소리 나는 곳을 향해 필사적으로 몽둥이를 휘둘렀다. 하지만 뭔가가 몽둥이를 잡아당기는 느낌이 들더니 결국 몽둥이마저 놓치고 말았다.

노인은 키에서 손잡이를 떼어내 두 손으로 움켜잡고 닥치는 대로 계속해서 후려갈기고 내리찍었다. 하지만 상어 떼가 이번에는 뱃머리 쪽으로 몰려와서 한 놈씩 차례로 달려들기도 하고 여럿이 한꺼번에 덤비기도 하면서 고기를 마구 물어뜯었다. 상어들이 다시금 공격하려고 돌아올 때 보니 물속에서 고기 조각이 하얗게 빛났다.

마지막으로 한 놈이 고기의 머리를 향해 달려들었다. 노인은 모든 게 다 끝났다는 것을 알았다. 상어가 고기의 단단하고 무거운 머리를 물어뜯으려고 안간힘을 쓰고 있을 때 노인은 키의 손잡이로 상어의 머리를 후려갈겼다. 쉬지 않고 계속해서 머리를 내리쳤다. 키의 손잡이가 부러지는 소리가 들렸다. 노인이 부러진 끝으로 상어를 찌르자 살을 뚫고 들어가는 느낌이 전해졌다. 노인은 손잡이의 끝이 날카롭다는 것을 알고는 다시 찔렀다. 그제야 상어가 물었던 것을 놓고는 몸을 뒤틀면서 물러났다. 떼로 덤벼든 상어의 마지막 놈이었다. 이제는 더 뜯어 먹을 것도 남아 있지 않았다.

노인은 이제 숨 쉬기조차 힘들었고 입안에서는 이상한 맛이 느껴졌다. 구리 맛 같기도 하고 뭔가 들척지근한 것이 왠지 겁이 나기도 했다. 하지만 그리 많은 양은 아니었다.

노인은 바다에 침을 뱉으며 말했다.

"이거나 처먹어라, 갈라노 자식들아. 그리고 네놈들이 사람 하나를 죽인 꿈이나 꾸어라."

노인은 자신이 이제 돌이킬 수도 없이 완전히 패배했다는 것을 알았다. 배 뒤쪽으로 가서 키 손잡이의 부러진 부분을 키 구멍에 맞춰보니 그런대로 방향은 잡을 수 있었다. 노인은 부대를 어깨에 두르고 배의 방향을 잡았다. 배는 앞으로 경쾌하게 나아갔고 노인은 아무 생각도 아무런 느낌도 없었다. 노인은 이제 모든 것을 초월했으며 그저 안전하게 항구로 돌아갈 수 있도록 배를 잘 모는 일만 생각했다. 한밤중에 상어 떼가 마치 식탁 밑에 흘린 빵 부스러기를 주워 먹듯이 고기의 남은 살점을 공격해왔다. 노인은 거들떠보지도 않았고 배를 모는 일 말고는 아무것에도 신경을 쓰지 않았다. 노인은 배 옆에 매달았던 엄청난 무게가 사라진 지금, 배가 얼마나 가볍게 잘 달리는지 그것만 주목했다.

배는 무사해. 노인은 생각했다. 키의 손잡이가 부러진 것을 빼면 상한 데 하나 없이 말짱해. 키 손잡이를 갈아 끼우는 것은 일도 아니지.

노인은 이제 배가 해류 안쪽으로 들어온 것을 느낄 수 있었으며 해안선을 따라 이어진 마을의 불빛도 볼 수 있었다. 노인은 지금 어디쯤 와 있는지도 알았고 이제 집으로 돌아가는 것은 문제도 아니었다.

어쨌든 바람은 우리의 친구야. 노인은 생각했다. 그리고 때로는 말이야, 라고 노인은 덧붙였다. 이 넓은 바다에는 친구도 있고 적도 있어. 그러면 침대는? 노인은 생각했다. 침대야말로 내 친구지. 침대밖에 없어. 그는 생각했다. 침대는 훌륭한 물건이라고. 내가 지치고 힘들 때 편하게 쉬도록 해주잖아. 침대가 그렇게 편한 줄은 미처 몰랐어. 그런데 난 뭣 때문에 이렇게 녹초가 되었지, 하고 노인은 생각했다.

"아무것도 아니야."

노인은 큰 소리로 말했다.

"내가 너무 멀리 나간 게 문제지."

노인이 작은 항구로 배를 몰고 들어왔을 때 테라스 식당의 불은 이미 꺼져 있었다. 모두가 잘 시간이었음을 그는 알았다. 미풍은 점점 거세어져 사납게 불고 있었다. 그런데도 항구 안은 조용했다. 노인은 바위 아래의 작은 자갈밭 위로 배를 끌어올렸다. 도와주는 사람이 아무도 없었기 때문에 노인은 될 수 있는 대로 배를 육지 쪽으로 더 가까이 끌어올렸다. 그러고는 배에서 내려 배를 바위에 붙들어 맸다.

노인은 돛대를 풀고 돛을 말아서 묶었다. 그런 다음에 돛대를 어깨에 둘러메고 언덕을 올라가기 시작했다. 그제야 자신이 정말 기진맥진해 있다는 사실을 깨달았다. 노인은 잠시 걸음을 멈추고 돌아서서 배 뒤쪽으로 높이 솟구친 고기의 거대한 꼬리가 가로등의 불빛에 비치는 모습을 바라보았다. 살이라고는 없이 고기 등뼈를 따라 난 하얀 선과 툭 튀어나온 주둥이가 달린 시커멓고 거대한 머리통, 그 사이에 앙상하게 드러난 뼈가 보였다.

노인은 다시 언덕을 오르다가 꼭대기에서 넘어지고 말았다. 노인은 돛대를 어깨에 멘 채로 한참을 그대로 엎어져 있었다. 일어나려고 애를 썼지만 몸이 말을 듣지 않았다. 그래서 돛대를 어깨에 걸친 채 잠시 앉아서 길 쪽을 바라보았다. 고양이 한 마리가 무슨 볼일이 있는지 거리를 가로질러 갔다. 노인은 그 모습을 멀거니 바라보다가 고양이가 사라진 뒤에도 길에서 눈길을 돌리지 않았다.

마침내 노인은 돛대를 내려놓고 일어섰다가 다시 돛대를 어깨에 둘러멘 다음, 길을 따라 걸어갔다. 오두막에 이를 때까지 다섯 번이나 앉아서 쉬어야 했다.

노인은 오두막으로 들어가 돛대를 벽에 기대어 세웠다. 그리고 어둠 속에서 물병을 찾아내어 물을 한 모금 마셨다. 그런 다음에 노인은 침대로 가서 누웠다. 담요를 어깨에 두르고 등과 다리도 감싼 다음 바닥의 신문지에 얼굴을 파묻었다. 두 팔은 쭉 편 채 손바닥은 위로 펼치고 엎드린 노인은 잠이 들었다.

아침에 소년이 문을 열고 들여다보았을 때 노인은 자고 있었다. 바람이 너무 심해서 돛단배들은 바다로 나갈 수가 없었다. 그래서 소년은 늦잠을 잤고 매일 아침 하던 습관대로 노인의 오두막에 와본 것이었다. 소년은 노인이 숨 쉬는 것을 보았다. 그리고 노인의 두 손을 보고는 그만 울기 시작했다. 그러고는 커피를 가져오기 위해 살그머니 밖으로 나갔다. 길을 내려가면서 소년은 계속 울었다.

많은 어부들이 노인의 조각배 주위에 몰려서 배 옆에 묶어놓은 것을 보고 있었다. 어떤 사람은 바지를 걷어붙이고 물속으로 들어가서 뼈만 남은 고기의 길이를 재고 있었다.

소년은 그쪽으로 가지 않았다. 이미 내려가 보았기 때문이었다. 어부 한 사람이 소년 대신에 배의 뒤처리를 하고 있었다.

"영감님은 어떠시냐?"

한 어부가 큰 소리로 물었다.

"주무세요."

소년이 크게 대답했다.

사람들이 우는 모습을 보든 말든 소년은 신경 쓰지 않았다.

"아무도 깨우지 말아요."

"코에서 꼬리까지 십팔 피트야."

길이를 잰 어부가 소년에게 외쳤다.

"그 정도는 되죠."

소년이 대답했다.

소년은 테라스 식당으로 들어가서 깡통 하나에 커피를 담아
달라고 주문했다.

"뜨겁게 해서 우유도 많이 타고 설탕도 넣어줘요."

"더 필요한 건 없니?"

"없어요. 우선 무얼 드실 수 있는지 알아보고요."

"정말 엄청난 고기야."

식당 주인이 말했다.

"저런 고기는 처음 봐. 네가 어제 잡은 두 마리도 훌륭하긴
하지만."

"그까짓 고기."

소년은 이렇게 말하면서 다시 울기 시작했다.

"너도 뭐 마실 것 좀 줄까?"

주인이 물었다.

"아니요."

소년이 대답했다.

"사람들한테 산티아고 할아버지를 방해하지 말라고 말 좀 해주세요. 조금 있다 다시 올게요."

"내가 걱정하더라고 영감님에게 전해주렴."

"고마워요."

소년이 말했다.

소년은 뜨거운 커피가 담긴 깡통을 들고 노인의 오두막으로 올라가서 노인이 잠을 깰 때까지 곁에 앉아 있었다. 노인은 잠이 깰 듯하더니 다시 깊은 잠에 빠졌다. 소년은 커피를 데울 땔감을 빌리러 길을 가로질러 갔다.

마침내 노인이 잠에서 깨어났다.

"일어나지 마세요."

소년이 말했다.

"이거 드세요."

소년은 커피를 유리잔에 따랐다.

노인은 그것을 받아 마셨다.

"마놀린, 내가 그놈들한테 지고 말았다."

노인이 말했다.

"내가 완전히 졌어."

"그래도 그 고기한테 지신 건 아니잖아요. 그 고기는 잡았어요."

"그건 그래. 진 건 그다음이지."

"페드리코 아저씨가 배하고 어구를 정리하고 있어요. 고기 머리는 어떻게 하실 생각이세요?"

"페드리코에게 잘라서 고기 덫으로나 쓰라고 하지, 뭐."

"창처럼 긴 주둥이는요?"

"갖고 싶으면 너나 가져라."

"네, 갖고 싶어요."

소년이 말했다.

"이제 우리가 할 다른 일을 생각해보셔야죠."

"사람들이 나를 찾았니?"

"당연하죠. 해안 경비선과 비행기까지 동원했는걸요."

"바다는 넓고 배는 작으니 찾기 힘들었겠지."

노인이 말했다.

계속 혼잣말만 하고 바다에 대고 말하다가 사람하고 말을 나누니 얼마나 기쁜지, 새삼스럽게 알 수 있었다.

"네가 보고 싶었단다."

노인이 말했다.

"너는 무얼 잡았니?"

"첫째 날에 한 마리 잡았고요, 둘째 날에 한 마리, 그리고 셋째 날에 두 마리 잡았어요."

"아주 잘했구나."

"이제 할아버지하고 같이 잡을 거예요."

"아니다. 나는 운이 없어. 더 이상 운이 안 따를 거야."

"그까짓 운이 다 무슨 소용이에요."

소년이 말했다.

"운은 제가 가지고 가면 되죠."

"너희 집에서 뭐라고 하지 않겠니?"

"상관없어요. 어제 두 마리를 잡긴 했죠. 하지만 저는 아직 배울 게 많으니까 할아버지와 함께 잡을 거예요."

"쓸 만한 창을 하나 장만해서 항상 배에 가지고 다녀야겠다. 창날은 낡은 포드 차의 스프링 조각으로 만들 수 있을 게다. 날은 과나바코아*에 가서 갈면 돼. 뾰족하면서도 쉬이 부러지지 않게 잘 달궈야 하거든. 내 칼은 부러졌단다."

"다른 칼을 하나 구해드릴게요. 스프링도 갈아오고요. 근데 이 거센 바람이 며칠이나 갈까요?"

"아마 사흘은 가겠지. 더 길어질 수도 있고."

"준비는 제가 다 할게요."

소년이 말했다.

"할아버지는 손이나 치료하세요."

---

* Guanabacoa. 아바나의 동쪽에 있는 교외 주택지. 옛날에는 원주민 마을이었으며, 인디언 말로 '물가의 땅'을 의미한다. (옮긴이)

"어떻게 하면 낫는지 잘 안단다. 간밤에 뭔가를 뱉어냈는데 가슴이 찢어지는 것 같기도 하고 좀 이상해."

"그럼 가슴도 잘 돌보시고요."

소년이 말했다.

"할아버지, 그만 누워 쉬세요. 깨끗한 셔츠와 드실 것을 좀 가져올게요."

"내가 나가 있을 동안에 나온 신문이 있으면 아무거나 갖다 주렴."

노인이 말했다.

"빨리 몸이 나으셔야 해요. 제가 배울 것도 많고 저한테 가르쳐주실 것도 많잖아요. 얼마나 고생하신 거예요?"

"말도 마라."

노인이 대답했다.

"음식하고 신문을 가져올게요."

소년이 말했다.

"할아버지, 푹 쉬세요. 약국에 가서 손에 바를 약도 가져올게요."

"잊지 말고 페드리코한테 머리 가져가라고 전해라."

"네, 꼭 전할게요."

소년은 밖으로 나갔다. 그리고 다시 울면서 닳아서 반들거리는 산호 바위 길을 내려갔다.

이날 오후 한 무리의 관광객이 테라스 식당을 찾았다. 빈 맥주 캔과 죽은 꼬치고기 사이로 바다를 내려다보던 한 여자가 바다 쪽에서 부는 동풍에 끊임없이 밀려오는 파도 끝자락에서 흔들리는, 거대한 꼬리가 달린 크고 기다란 흰 등뼈를 보았다.

"저게 뭐죠?"

여자가 큰 고기의 기다란 뼈를 가리키며 종업원에게 물었다. 그것은 물결에 쓸려 나가기를 기다리는 쓰레기 더미처럼 보였다.

"티뷰론*입니다."

종업원이 대답했다.

"상어의 일종이죠."

그는 그동안 일어난 일을 설명하려고 했다.

"상어가 저렇게 멋지고 아름다운 꼬리를 지녔는지는 몰랐네요."

"나도 몰랐어."

같이 온 남자가 말했다.

언덕 위 오두막집에서 노인은 다시 잠이 들었다. 노인은 여전히 엎드려서 자고 있었다. 소년은 노인을 바라보며 곁에 앉아 있었다. 노인은 사자 꿈을 꾸고 있었다.

---

* tiburón. 스페인어로 '상어'라는 뜻.(옮긴이)

옮긴이의 글

    산티아고 노인은 멕시코 만류에서 조각배를 타고 고기를 잡으며 살아가는 외로운 어부다.

    함께한 세월만큼이나 낡고 누덕누덕 기운 돛과 굳은살이 박이고 상처투성이인 두 손에는 노인이 겪어온 지난 세월의 흔적이 고스란히 묻어 있다. 노인은 비록 몸이 늙고 쇠약해졌지만 두 눈만은 바다처럼 푸르고 생기가 넘친다. 바다는 노인에게 희망이다.

    팔십사 일 동안 고기 한 마리 잡지 못했어도 누구보다도 바다를 잘 알기 때문에 노인은 결코 희망을 버리지 않는다. 바다는 부드럽고 아름답지만 가끔씩 거칠어지기도 한다. 또 은혜를 베풀기도 하고 때로는 냉담하기도 하다. 어쩌다 난폭하거나 심술을 부릴 때가 있어도 그것은 바다도 어쩔 수 없는 일이라고 노인은 생각한다.

노인은 오랜 지기처럼 바다와 교감하며 어부로 살아가는 것을 숙명으로 받아들인다.

잡은 물고기를 죽여야 할 때도 노인은 "물고기야, 너를 사랑하지만 나는 어부로 태어난 팔자란다"라는 말을 건넨다.

멕시코 만류를 벗어난 먼 바다에서 거대한 청새치와 사흘 밤낮에 걸친 사투를 벌이면서도 노인은 포기하지 않는다. 엄청나게 큰 놈을 상대하느라 등이 아프고 손에 쥐가 나고 손바닥이 찢어져 피가 흐르지만 노인은 자신이 그 싸움에서 결코 패배하지 않으리라는 믿음을 버리지 않는다. 결국은 뜻하지 않게 상어 떼를 만나는 바람에 애써 잡은 고기의 앙상한 뼈만 남게 되지만 말이다.

노인은 어찌 보면 바다나 물고기가 아닌 자기 자신과의 싸움을 벌인 것이다.

"오직 먹고살기 위해서, 양식을 얻기 위해서 고기를 죽인 것은 아니야. 난 자부심을 위해서, 또 어부이기 때문에 고기를 죽인 거야. 고기가 살아 있을 때도 사랑했고 고기가 죽은 뒤에도 변함없이 고기를 사랑했어."

혼자서 묻고 혼자서 대답하며 용기를 내어 자신을 다독거리며 굳센 의지로 삶의 진정성을 깨달아가는 노인의 모습은 큰 감동을 준다. 거대하고 변화무쌍한 바다에서 노인은 끊임없이 도전하면서도 자연과 조화를 꾀하고 소통하며, 보다 깊이 있는 자기 성찰을

해나간다. 삶이란 그런 것이다. 의지와 신뢰를 잃지 않는 삶은 그만큼 값진 것이다.

쿠바의 흰 어부가 실제로 겪은 이야기를 바탕으로 만들어진《노인과 바다》는 헤밍웨이 특유의 간결하고 힘찬 문체가 돋보이는 작품이다. 특히 헤밍웨이는 이 작품을 발표하기까지 이백 번 이상 고쳐 쓸 정도로 온 정성을 쏟았다고 한다. 자신의 삶과 사상을 모두 담았다고 스스로 말한《노인과 바다》를 발표한 이후로, 헤밍웨이는 노벨 문학상과 퓰리처상을 수상했다.

어니스트 헤밍웨이 연보

1899년 7월 21일 미국 일리노이 주 시카고 근교의 오크파크 Oak Park에서 의사인 아버지와 신앙심 깊은 음악 교사이자 성악가인 어머니 사이에서 여섯 자녀 중 둘째로 태어남. 여름이면 미시간 주에 있는 별장에서 가족이 함께 시간을 보냈는데, 이러한 분위기는 그의 가치관과 문학성에 많은 영향을 끼침. 이때의 기억은 초기 단편집《우리들의 시대에*In Our Time*》(1924)의 토대가 됨.

1913년 오크파크 고등학교에서 학교 주간지인《그네*The Trapeze* 》의 편집을 맡으며 기사와 단편을 씀. 교내 잡지에 단편 〈색채의 문제〉〈매니투의 심판〉〈세피징겐〉 등을 발표하며 문학성을 발휘하는 한편, 수영과 축구에서 두각을 나타냄.

1917년 고능학교를 졸업한 10월에 대학 진학을 포기하고 군대에 지원하지만 아버지의 반대로 입대를 포기함. 그 후 숙부의 소개로 시카고의 《캔자스시티 스타Kansas City Star》 신문에 기자로 취직. 간결하고 건조한 문체로 여러 사건의 기사를 신속하게 작성한 이때의 경험은 훗날 '헤밍웨이 문체'로 일컫는 강건한 문체의 밑거름이 됨. 헤밍웨이에게는 정확성에 중점을 두고 가급적 짧고 명료한 문장을 구사하는 법을 가르쳤던 신문사의 기사 작성법이야말로 글 쓰는 직업을 위한 최고의 배움이었음.

1918년 제1차 세계대전이 일어나자 4월에 《캔자스시티 스타》를 사직하고 입대를 희망하지만 권투 연습 중 다친 눈 때문에 현역 입대를 하지 못함. 그러자 이탈리아군 소속 적십자 부대의 구급차 운전 요원으로 자원함. 입대한 지 한 달이 채 안 된 7월 8일, 포살타디 피아베에서 임무 수행을 하던 중 박격포 포탄 및 중기관총 공격을 받아 다리에 중상을 입음. 그는 무공훈장을 받았고, 다리에 박힌 270여 개의 파편을 제거하기 위해 밀라노 육군병원으로 후송되어 세 달 동안 입원하며 수술을 열 차례 이상 받음. 그곳에서 젊은 미국인 간호사 아그네스를 만나 짝사랑에 빠짐. 이때의 경험은 대표작 《무기여 잘 있거라A Farewell to Arms》(1929)에 상당 부분 반영됨.

1919년   제1차 세계대전 종전 후인 1월에 미국으로 돌아옴. 미국인 최초로 제1차 세계대전에서 부상을 입었다는 사실 하나로 '전쟁 영웅'이 됨. 헤밍웨이가 어리다는 이유로 아그네스가 청혼을 거절하자 미시간 주의 별장에서 휴식을 취하며 재충전의 시간을 보냄.

1920년   어린 시절부터 계속된 어머니와의 불화로 집을 나와 캐나다 온타리오 주 토론토로 이주해《토론토 스타 위클리*Toronto Star Weekly*》와《토론토 데일리 스타*Toronto Daily Star*》신문의 임시 기자를 맡아 잡문 기사를 담당함. 가을에는 다시 시카고로 돌아와 소설가 셔우드 앤더슨(1876~1941)과 친교를 맺고 그의 조언으로 작가가 되기 위해 본격적으로 문학 수업을 받으러 파리에 가기로 결정함.

1921년   9월 3일에 어린 시절부터 알고 지낸 여덟 살 연상의 해들리 리처드슨(1891~1979)과 결혼함. 그 후 해외 특파원 자격으로 아내와 함께 파리의 좌안La Rive Gauche에 정착함.

1922년   파리에서 작가들을 만나 교류하며 소설 작법 수업을 받음. 거트루드 스타인(1874~1946)과 실비아 비치(1887~1962) 등 이 지역의 터줏대감들과 알고 지냈고, 포드 매덕스 포드(1873~1939)를 비롯한 당대의 저명한 작가, 출판인과 어울리며 습작에 열중함.

《토론토 데일리 스타》의 파리 주재 특파원이었기 때문에, 무솔리니 (1883~1945)를 인터뷰하거나 그리스·터키 전쟁 등을 취재하기 위해 유럽 전역을 돌아다님. 그러다 가방을 도난당해 미발표 원고를 모두 분실함.

1923년 임신 중인 아내와 함께 스페인의 팜플로나Pamplona를 여행하며 투우에 매료됨. 파리 체류 시절에 첫 번째 작품집《세 편의 단편과 열 편의 시*Three Stories and Ten Poems*》(1923)를 한정판으로 펴냄. 10월에 첫째 아들 존 해들리가 태어남. 파리에서 계속 소설을 쓰기 위해《토론토 데일리 스타》를 그만둠. 여전히 생활고에 시달리는 무명작가에 불과함.

1924년 포드 매덕스 포드가 새로 창간한《트랜스애틀랜틱 리뷰*Transatlantic Review*》지의 편집부에 들어가 제임스 조이스(1882~1941), 존 더스 패서스(1896~1970) 등과 교제함. 청소년기의 체험을 바탕으로 한 단편집《우리들의 시대에》를 파리에서 출간함. 두 번째 스페인 여행을 함.

1925년 4월에는 파리에서 세 살 위의 작가 F. 스콧 피츠제럴드 (1896~1940)를 만나 친분을 쌓았으며, 집필 활동을 계속함. 7월에 아내와 어린 시절의 친구 빌 스미스 등과 함께 세 번째 스페인 여행을 함. 10월에 《우리들의 시대에》가 미국에서 출간됨. 오스트리아 슈룬스Schruns에서 겨울을 보냄.

1926년   F. 스콧 피츠제럴드에게서 미국 출판사 찰스 스크리브너즈 선스Charles Scribner's Sons를 소개받고 그곳에서 장편소설 《봄의 급류The Torrents of Spring》를 출간함. 이후 그의 작품은 대부분 이곳에서 나옴. 아내 해들리와 폴린 파이퍼(1895~1951)와 함께 스페인을 여행함. 10월에 출간한 《해는 다시 떠오른다The Sun Also Rises》가 베스트셀러가 되면서 이름을 널리 알리기 시작했고 '잃어버린 세대lost generation'를 대표하는 작가가 됨.

1927년   별거 중이던 아내 해들리와 4월에 정식으로 이혼하고, 《보그Vogue》지의 파리 주재 기자이며, 세인트루이스 출신인 폴린 파이퍼와 재혼함. 재력가의 딸인 폴린 덕분에 헤밍웨이는 보다 경제적으로 안정된 상태에서 창작에 전념했음. 가톨릭 신자였던 폴린의 영향으로 가톨릭으로 개종함. 10월에 두 번째 단편집인 《여자 없는 남자들Men Without Women》을 출간함.

1928년   파리를 떠나 휴양지로 유명한 미국의 최남단 마이애미 주 키웨스트Key West로 이주하여 12년간 살게 됨. 6월에 둘째 아들 패트릭이 태어남. 12월에 지병과 땅 투기 실패로 우울증에 시달리던 헤밍웨이의 아버지가 권총으로 자살함.

1929년　《스크리브너즈 매거진Scribner's Magazine》에 연재한 작품《무기여 잘 있거라》가 수차례의 퇴고를 거친 뒤 9월에 단행본으로 출간됨. 이 작품은 네 달 동안 무려 8만 부가 팔리며 상업적·문학적으로 인정받음.

1930년　사슴 사냥을 하던 중 자동차 사고로 팔에 심한 부상을 입어 병원에 입원함.

1931년　셋째 아들 그레고리가 태어남. 집필보다 바다낚시로 소일하며 유유자적한 세월을 보냄.

1932년　9월에 투우를 소재로 한 논픽션《오후의 죽음Death in the Afternoon》이 출간됨.

1933년　열네 편의 단편을 수록한 세 번째 단편집《승자에겐 아무것도 주지 마라Winner Take Nothing》가 출간됨. 아내와 함께 유럽과 아프리카로 여행을 떠남.

1934년　아프리카에서 아메바 이질에 걸려 나이로비Nairobi로

되돌아와 요양함. 완쾌 후 다시 수렵 여행을 갔다가 뉴욕으로 돌아옴.《코스모폴리탄*Cosmopolitan*》지에《가진 자와 못 가진 자*To Have and Have Not*》제1부 〈어느 도항*One Tripe Across*〉을 발표함. 구입한 배에 '필라*Pilar*'라는 이름을 붙이고, 아마추어로서는 가장 큰 다랑어를 잡음.

1935년　낚시를 하던 중 사고로 다리에 총상을 입음.《스크리브너즈 매거진》에 아프리카 여행기를 연재하고《아프리카의 푸른 언덕*Green Hills of Africa*》이라는 제목으로 출간함.

1936년　《코스모폴리탄》지에 〈프랜시스 매코머의 짧고 행복한 생애*The Short Happy Life of Francis Macomber*〉를 발표함.《에스콰이어*Esquire*》지에《가진 자와 못 가진 자》의 제2부 〈상인의 귀환*The Tradesman's Return*〉과 아프리카 여행을 소재로 한 단편 〈킬리만자로의 눈*The Snow of kilimanjaro*〉을 발표함.

1937년　북미신문연합North American Newspaper Alliance 통신의 특파원 자격으로 스페인에 파견되어 내전을 취재함. 스페인 내전에 대한 저술 및 강연을 통한 모금 활동으로 4만 달러를 개인적으로 정부에 지원함. 스페인에서 영화 〈스페인의 대지The Spanish Earth〉 제작에 참여하고, 정부군에 소속되어 프랑스 작가 앙드레 말로(1901~1976)를 만남. 8월에 다시 스페인 마드리드로 넘어가 희곡 〈제5열*The Fifth Column*〉을 집필하고, 그 무렵《콜리어스*Colliers*》지의 특파원으로 마드리드에 머물던 여류 작가 마사 겔혼(1908~1998)과 사랑에 빠짐. 10월에《가진 자와 못 가진 자》를 출간함.

1938년 6월에 선전 영화 대본이었던《스페인의 대지》를 출간하고, 10월에 단편집《제5열과 최초의 49편*The Fifth Column and the Forth-Nine Stories*》을 출간함. 단편 중 〈제5열〉은 그의 유일한 희곡 작품임.

1939년 폴린 파이퍼와 별거함. 쿠바의 아바나*Havana*로 이주해 저택을 빌리고 '전망 좋은 농장'을 뜻하는 '핑카 비히아*Finca Vigia*'라는 이름을 붙임. 이후에 이 저택에서 많은 작품을 집필함. 핑카 비히아는 현재 헤밍웨이 박물관으로 사용되고 있음.

1940년 뉴욕의 시어터 길드*Theatre Guild*에서 희곡 〈제5열〉이 공연됨. 6월에 단행본《제5열》이 출간됨. 10월에 출간된《누구를 위하여 종은 울리나*For Whom the Bell Tolls*》가 이듬해까지 약 50만 부가 판매되는 기록을 세우며 베스트셀러가 됨. 폴린과 이혼하고 11월에 마사 겔혼과 세 번째 결혼을 함. 핑카 비히아를 구입함.

1941년　중일전쟁의 특파원 자격으로 아내와 함께 중국을 취재하고 여행함.

1942년　제2차 세계대전 중 미 해군에 자원하고는 자신의 배인 필라 호를 개조해 독일군 잠수함을 수색했지만 한 척도 발견하지 못함. 전쟁 이야기를 담은 《전장의 인간Men at War》을 편집함.

1944년　연합군이 노르망디상륙작전에 성공하자, 헤밍웨이 부부는 종군 특파원으로서 유럽으로 떠남. 종군 특파원은 비전투원이지만, 헤밍웨이는 자체 의용대를 조직해서 총기를 휴대하고 지휘함. 심지어 파리 해방 당시에는 최고급 호텔인 리츠Ritz를 장악하고 마치 전쟁 영웅처럼 행세하다가, 연합군 사령부에 의해 계급 사칭 혐의로 군사 법원에 회부됨. 실형이 선고되지는 않았지만 이 일로 명성이 실추됨. 런던에서 신문기자이자 특파원인 메리 웰시(1908~1986)를 만남.

1945년　메리와 함께 자동차를 타고 가다 사고가 나서 크게 다침. 세 번째 부인인 마사와 이혼함.

1946년　유명 작가보다는 언론인으로서의 명성을 바랐던 마사가 결국 헤밍웨이의 곁을 떠남. 그는 전쟁 말기에 만난 신문기자

메리 웰시와 네 번째 결혼을 함.

1950년　9월에 10년 만에 《강 건너 숲 속으로 *Across the River and Into the Trees*》를 출간했으나 혹평을 받음.

1951년　6월에 어머니가 병으로 세상을 떠남.

1952년　《라이프 *Life*》지 9월호에 《노인과 바다 *The Old Man and the Sea*》 전문을 싣고 단행본으로 출간하여 엄청난 호평을 받음. 《노인과 바다》는 출간 이틀 만에 약 530만 부가 팔렸을 정도로 폭발적인 인기를 끌었음.

1953년　《노인과 바다》로 퓰리처상을 수상함. 여름에는 스페인을 여행하고, 가을에는 《룰 *Rule*》지의 특파원으로 아내와 함께 동아프리카를 취재하고 여행함.

1954년　대중의 관심이 높아지면서 아프리카 여행 중 두 번이나 비행기 사고를 당했을 때에는 헤밍웨이의 사망 오보가 전 세계를 떠들썩하게 만듦. 10월에 노벨 문학상을 수상하는 영예를 얻지만 건강 문제로 시상식에 참석하지 못함.

1960년 샌프란시스코에서 《시선집Collected Poems》이 헤밍웨이의 허가 없이 출간됨. 피델 카스트로(1926~)가 재산 국유화를 선언하자 쿠바를 떠나 미국 아이다호Idaho 주에 정착함. 핑카 비히아는 정부가 소유하여 나중에 헤밍웨이 박물관으로 개조됨. 《라이프》지에 투우에 관한 글 〈위험한 여름The Dangerous Summer〉을 기고함. 과대망상과 우울증으로 미네소타의 메요 병원에 입원했고 전기충격요법을 여러 차례 받음. 이때 자살 충동을 노골적으로 드러내서 주위 사람들을 걱정스럽게 만듦.

1961년 두 번째로 입원했다 퇴원한 지 이틀 뒤인 7월 2일 새벽, 아내 몰래 아래층으로 내려와 장총을 입에 물고 발사하는 것으로 생을 마감함. 사망 직후 유족들은 그의 죽음을 자살이 아닌 사고사로 발표했으며, 간소한 장례식을 마치고 케첨Ketchum의 한 공동묘지에 안장함.

1964년 유작 《움직이는 축제일A Moveable Feast》이 출간됨.

1966년 7월에 아이다호 주 선 밸리Sun Valley에서 헤밍웨이 기념상의 제막식이 열림.

1970년 유작 《해류 속의 섬들Islands in the Stream》이 출간됨.

1972년   유작《닉 애덤스 이야기*The Nick Adams Stories*》가 출간됨.

1979년   유작《88편의 시*88 Poems*》가 출간됨.

1985년   유작《위험한 여름*The Dangerous Summer*》이 출간됨.

1986년   유작《에덴동산*The Garden of Eden*》이 출간됨.

1987년   《어니스트 헤밍웨이 단편 전집*The Complete Short Stories of Ernest Hemingway*》이 출간됨.

1999년   헤밍웨이의 둘째 아들 패트릭이 편집한《여명의 진실 *True at First Light*》이 출간됨.